媽，我來看你了

李光福◎文 徐建國◎圖

我讀《媽，我來看你了》

如果，你看過光福老師第一部被譽為經典的少年小說——《爸爸放暑假》，那麼，你一定不能錯過這一部——《媽，我來看你了》。

拜讀它第一個章節時，我絲毫沒有料到：故事裡的媽媽，將永遠從主角的暑假裡消失。我一邊閱讀，一邊充滿了狐疑與想像，在字裡行間，仔細搜尋著蛛絲馬跡，只想豁然開朗，明白光福老師究竟安排了何種情節，讓主角雅筑需要經歷千山萬水，才終能重回媽媽的身邊，深深的看她一回？

無疑的，光福老師成功了！

身為讀者的我，費盡了層層推理與假設，卻都無法及早突破，直到最後一個章節，謎底的

神祕面紗才被揭開了。而「媽，我來看你了」的時空背景，竟是母女在臥房中藉由「相片」再次相見，絕美，也美得讓人驚詫與心碎。

一部成功的小說，在我看來，正取決於扣人心弦。

光福老師的匠心獨運，在於起頭不著痕跡的鋪陳，說媽媽馬不停蹄的「忙碌」，描繪難得的「親子時間」，寫全家奔喪而去的「外婆家」；而後，筆鋒一轉，讓媽媽的「暈倒」，帶出了故事生「變」。行筆至此，我的心早載浮載沉，隨著接踵而至的變化一路糾結，再也無法舒展……

而體貼的光福老師，為了讓故事的步調鬆緊有度，為了讓讀者與女兒雅筑同享難得的幸福滋味，細膩的安排了「幸福」與「母女」兩個章節，在媽媽刻意的付出與陪伴下，埋下生死永別的伏筆。我想，光福老師想教會大家的是：**溫暖的相聚時光，美好的共處回憶，會是人生黯淡片段的燭火，會是歲月徬徨時分的燈塔，也是家人經歷永別後新生的力量吧**。

如果說這是一部「生命教育」意味濃厚的小說，那麼從刻畫家人關係的角度而言，毋寧說它是一部賦予「家庭教育」新意的小說。在光福老師充滿感情的筆觸下，「姐弟」、「婆媳」

與「夫妻」關係的轉折，也被描寫得淋漓盡致。

首先是：故事中的媽媽由重病到過世，「姐弟」關係也隨之發生了微妙的變化。弟弟的天真無邪，倍受疼愛，原本是姐弟關係不睦的主因，但是，在媽媽即將不久於人世，臥病不起的時刻，姐姐雅筑竟油然升起憐惜之心，伸出了手，讓睡夢中的弟弟緊緊握住，就像──握住了媽媽的手。那「姐代母職」的酸楚境遇，深深觸動著讀者心靈最柔軟的角落，任人再強忍，也禁不住鼻酸。

而清晰勾勒「婆媳」間的互動，是光福老師極為大膽的嘗試。他鮮明的型塑了不停碎碎念、凡事算得很清楚的奶奶，對照了溫柔安靜、逆來順受的媽媽；直到媽媽纏綿病榻、來日無多之時，奶奶卻早已忘了計較，一肩挑起所有家事的重擔，一心只求媳婦能奇蹟似的好轉，一意只想著媳婦健在時的好。**故事裡隱藏的密碼，是「珍惜」吧。是失去了，才知道擁有時的幸福吧。**

「爸爸的眼淚」終於決堤時，也是故事中夫妻關係發人深省的關鍵。媽媽為求新生活的種種忙碌，爸爸汲汲於創業的重重艱辛，看在孩子的眼裡，是疏離，是漠然。幸而，媽媽一直不忘自己的天職，忙裡偷閒的安撫與關心，是孩子最大的心靈支柱；而爸爸，卻只能在媽媽離開人世之際，猛然醒悟：該留給妻子的關愛，該留給孩子的時光，早已被遺憾與悔恨淹沒。**現代人的忙與盲，在光福老師的筆下犀利顯露，無所遁形；而家人關係的亟待修補，又透過哀傷的情節，反覆播送。**

除了動容，除了省思，《媽，我來看你了》故事中，還隱含了文化傳承的元素。在「外婆家」章節裡描述為外婆做七的情景，在「回家」章節裡寫下迎媽媽返家安息的儀式，在「百合花」章節裡敘寫辦理喪事的民俗，不僅前後呼應，帶出了故事主角的不勝唏噓，更在曲折的情節裡，寫出了中國人特有的喪葬禮俗。這樣一本中國人的少年小說，是光榮，也是驕傲。

生與死，一直是人生必須學習的重要課題。生，讓人喜悅；死，令人悲傷，卻都無可避免。生時，學會珍惜；死時，學會面對，學會勇敢，這——就是本書最深刻的價值。

桃園縣上湖國小校長 梁慧佳

自序

我寫《媽，我來看你了》

「雅筑，我教你寫一篇作文去參加徵文比賽好不好？得名有獎金喔！」

「好！要寫什麼？」

「寫你媽媽。」

「不要！」

「你想不想得名？」

「當然想！」

「那就寫你媽媽！」

「……」

經過一番引導，三天後，她拿了一篇題目叫《我最想念的人》的文章給我。我要她寫一千

字，她卻寫了一千五百字，而且寫得很棒、很感人，讓我讀得鼻子發痠、眼眶發熱。修飾這篇文章時，我刪了近五百個字（徵文比賽主辦單位規定一千字左右），驚訝的發現文中有一句——「媽，我來看你了」，讓我十分動心，於是決定將原來她訂的題目《我最想念的人》換掉，由《媽，我來看你了》取代。

三個月後，成績公布了，《媽，我來看你了》獲得全縣高年級第一名。那天，我帶她去參加頒獎典禮，她在現場造成大轟動，有教師組的獲獎者讀了《媽，我來看你了》後，抱著她痛哭，有地方電視台採訪她；不久，又有報社記者到學校來採訪，採訪內容刊出後，占了報紙的四分之一個版面……

她，就是《媽，我來看你了》這個故事裡的主角雅筑（化名）——我的鄰居、我任教學校的學生；由於有著鄰居和同校師生的關係，她和我的互動一直很好，因此，即便我不是她的老師，我叫她寫作文，她也願意寫。更由於她寫了《媽，我來看你了》這篇文章，因而激起我寫《媽，我來看你了》這個故事的動力，也就是說，《媽，我來看你了》這個故事幾乎是真人真事。

故事裡的媽媽，擁有博士的高學歷，白天在公家機關上班，晚上到大學夜間部兼課，有時，還會到學校擔任故事媽媽，講故事給小朋友聽。由於先生事業忙碌，照料孩子都由她一手包辦，假日時，可以看到她帶著孩子在公園散步，也可以看到她帶著孩子洗衣服、晾衣服……在左鄰右舍的口中，這個媽媽不但是個好媽媽，也是個好媳婦，更是個好女人……只不過紅顏薄命！

人都有一個通病——擁有的時候，不懂得珍惜，等到失去的時候，才拚命的懊惱、悔恨。但即使再怎麼懊惱、再怎麼悔恨，也於事無補，因為失去的東西，不會因為懊惱、悔恨而回來。

我寫《媽，我來看你了》這個故事的目的，就是提醒讀者們要即時珍惜，珍惜什麼呢？當你平心靜氣、仔仔細細的品味完《媽，我來看你了》這個故事後，不用旁人點醒，你會自然明白該珍惜什麼。

要不然，哪天你遇到挫折了，哪天你情緒不順了，或者是你獨處的時候，不妨唱唱這首歌：「世上只有媽媽好，有媽的孩子像個寶，投入媽媽的懷抱，幸福享不了。」，然後再請你跟隨著主角雅筑的腳步，進入到《媽，我來看你了》這個故事裡，然後，你更會明白自己該珍惜些什麼！

推薦序◎梁慧佳
我讀《媽，我來看你了》 02
自序◎李光福
我寫《媽，我來看你了》 06
忙碌 12
親子時間 19
外婆家 27
暈倒 34
變 41

幸福 49
母女 57
夜半驚魂 64
青天霹靂 72
姐弟 81
探病 88
婆媳 96
再見媽媽 103
回家 111
爸爸的眼淚 119
百合花 126
媽，我來看你了 134

忙碌

吃完晚餐，我協助奶奶將餐桌收拾好，懷著一顆炫耀的心，坐在客廳裡等媽媽回來——今天發月考獎狀，雖然我只得第二名，還是忍不住滿心喜悅的要和媽媽共享。

看看牆上的時鐘，分針已經接近「6」，媽媽就快到家了，我把獎狀攤在茶几上，目不轉睛的盯著大門。忽然，門「欻」的被拉開了，眼

前出現了媽媽的人影，我倏的站起來，迎了上去，歡天喜地的說：「媽，你回來了。」

媽媽什麼話也沒說，只輕輕的「嗯」了一聲，直接向廚房走去。我順手抓起茶几上的獎狀，緊緊的跟在後面。

媽媽把手提包往餐桌上一放，盛了一碗飯，還來不及坐下，就扒了起來。我想告訴媽媽第二名的事，但看到她狼吞虎嚥的樣子，就算說了，她也沒空回答，我只好一邊看著她吃，一邊耐心的等著。

一眨眼的工夫，媽媽吃完了，把碗放進洗碗槽裡，抓起手提包就要上樓。眼見機不可失，我立刻說：「媽，我告訴你喔……」

還沒說完，媽媽就說：「我趕著出門，等我回來再說。」然後，頭也不回的上了樓。看著媽媽的背影，我失望透了，忍不住「討厭！就講幾句話會怎麼樣嗎？」的咕噥起來。

不一會兒，媽媽換了個手提包，從樓上下來，看都沒看我一眼，「欻」的拉開門，機車引擎聲響起後，她又出門了——對媽媽來說，家，就像她的休息站似的。

我往沙發上一攤，打開電視，有心無意的看著。

媽媽擁有博士學位，每天早上，她要早起搭火車到台北市一處公家機關上班，下班後，又要搭火車回來，趕著到附近的技術學院夜間部兼課。雖然一星期只有兼三個晚上的課，這三天她卻很忙碌，忙碌到蜻蜓點水般的把家當成休息站。

這三天，我和弟弟生活上的一切，都由爺爺奶奶打理。雖然爺爺奶奶把我和弟弟照顧得無微不至，可是我總有一種「我是沒父沒母的孩子」的感覺。

媽媽所以這麼忙，和爸爸有關。爸爸原本在一家私人公司上班，但他覺得在那家公司有志難伸，沒有前途，所以辭了工作，和幾個朋友合資開了一間小工廠。

工廠剛開始營運，光支出就捉襟見肘了，根本談不上收入，家中的開銷都得仰仗媽媽，加上每個月還要給爺爺奶奶一筆生活費，媽媽當然非忙碌不可。

爸爸也很忙。由於工廠剛設立，為了讓運作及早步上軌道，他每天一早就出門，三更半夜才回家，有時，乾脆睡在工廠裡。一個星期裡，我和弟弟難得和他見上一面，我說「我是沒父沒母的孩子」，這也是原因之一。

曾經聽媽媽對爸爸說：她打算將來買一棟房子，搬出去住，因為她受不了奶奶的碎碎念。

奶奶真的很愛碎碎念，只要她看不順眼、不如她的意，她就念，一念就是一大串，中間還不用換氣、休息。媽媽在家時，常常被奶奶念，她都一直靜靜的聽著。我猜，她晚上到夜間部兼課，想避開奶奶的碎碎念，也是原因之一吧！

其實，我和媽媽「同是天涯淪落人」——常常被奶奶念。一被念，我就學媽媽那樣，只要別不如奶奶的意、別讓她看不順眼，耳根就可以清靜好一陣子。

「雅筑，你又在看電視！」奶奶的聲音傳進我耳裡。

聽到奶奶的聲音，我立刻回神。

「你就是天天看電視，才會只考第二名啦！去去去，回房間看書！」

天天看電視！拜託，我只有今天看電視，什麼時候天天看了？還有，學校才剛考完試，有什麼書好看的？再說，看電視和考第二名也不一定有關係呀！奶奶真是的，不是理由的理由，也要拿來當理由！

為了避開接下來的疲勞轟炸，我拿起遙控器把電視關了，猛的站起身子，準備上樓。奶奶的聲音又傳過來：「等一下！你的獎狀放在這裡做什麼？」

我停下腳步，轉身拿起獎狀，頭回也不回的直奔上樓。

「都幾歲了，做什麼事都要人盯著，你媽媽是怎麼生你的？」奶奶的聲音繼續響著。

「媽媽怎麼生我的，你要問她呀！我哪知道她怎麼生我的？」我低聲應著。回到房間，我把獎狀往書桌一放，整個人大字形的躺在床上——聽不到奶奶的碎碎念，真是再輕鬆不過了。

說到奶奶，我不得不佩服得五體投地。她年紀這麼大了，每天要做很多家事，竟然還有這麼旺盛的精力碎碎念，如果哪個單位舉辦老人組演說比賽，派奶奶去，第一名一定非她莫屬。可惜沒有這種比賽，讓她英雄無用武之地！

想到這裡，我想起媽媽說的「買一棟房子搬出去住」。如果我們真的搬出去了，我和媽媽就不用聽奶奶的碎碎念，哇！多好呀！

可是……不行呀！如果我們搬出去了，爸爸常常不見人影，媽媽忙碌的這三天，我和弟弟怎麼辦？誰煮飯給我們吃？上英文課時，誰接送我們？仔細想想，沒有奶奶還是不行的！

外面傳來一陣急促的腳步聲，我知道，媽媽回來了。不過，她還有許多事要做，現在去找她，少不了被冷漠以對，還是等她做完事吧！

一陣子後，媽媽終於忙完了，我和弟弟拿聯絡簿請她簽名。

「媽，我這次考第二名喔！」我亮出獎狀。

「第二名有什麼了不起？我考第一名，看！」弟弟邊說邊拿出獎狀。

「第一名就了不起呀？」

「比你強啦！」

看到我和弟弟吵嘴了，媽媽連忙制止：「別吵了，你們都很厲害，好不好？」

簽完聯絡簿，我還想跟媽媽說說話，她卻說：「已經十點多了，該去睡了。不然，明天爬不起來喔！」

說著，她分別在我和弟弟的額頭親了一下。這一親，我得到了想要的東西，心滿意足的回房睡覺。

親子時間

又到了星期五。每到星期五，就是我最快樂的時候，除了有兩天的周休假日，晚上媽媽不用到夜間部兼課，我們母子三人可以享受一段溫馨的親子時間。

晚餐後，我主動收拾餐桌，清洗碗筷，滿心期待的坐在客廳等媽媽回來。媽媽回來後，我陪她回房間換衣服，再陪她到廚房吃晚餐。吃完晚餐，稍微整理後，這時候的媽媽才完全屬於我。

媽媽帶著我和弟弟到附近的公園散步——只要不下雨，去公園散步是我們母子三人的第一段親子時間。

媽媽只在夜間部兼三個晚上的課，除了星期五，其實還有一個晚上可以陪我和弟弟。不過，那個晚上我和弟弟要去英文班上課，她能陪我們的時間，只有睡覺前的那一個小時而已。

公園裡人很多，我們母子三人一邊走，一邊聊。與其說聊，其實都是我和弟弟說，說這一個星期以來，在學校發生的點點滴滴。

媽媽總是靜靜的聽著，聽到不懂，或是有疑問的地方，她才會插嘴問一下。我猜，媽媽一直讓我和弟弟說，大概是一個星期才這麼一次，想讓我們說個過癮吧！

媽媽是個很文靜的人，原本話就不多，奶奶對她碎碎念時，她也是靜靜的聽著，我從來沒見她反駁或頂嘴。那次她對爸爸說「她受不了奶奶的碎碎念」，也只是偷偷的說，小聲的說，而且，是我豎著耳朵才偷聽到的。

想到這些，我一直覺得媽媽就像……像……哎！像什麼，我也說不出來！

踏進家門，只見爺爺、奶奶在客廳看電視。看到我們，奶奶就說：「你帶孩子去哪裡了？剛才有人打電話找你。」

「我帶雅筑和天豪去公園散步啦！是……誰打來的？」媽媽低聲說。

「你的朋友、同事那麼多，我哪知道是誰？」奶奶冷冷的答。

「那……沒關係，說不定他還會再打來。」說完，媽媽就往樓上走。我和弟弟在後面跟著。

「白天上班已經很累了，還去公園散什麼步？公園的路夠平了，用不著你們去壓……」奶奶又開始了，真是拿她沒辦法！

洗完澡，我和弟弟拿聯絡簿讓媽媽簽了名，又展開另一段親子時間——說故事時間，媽媽會說很多好聽的故事給我和弟弟聽。她還沒開口，我就先說：「媽，我先問你一個問題。」

「好，你問。」

「奶奶常常對你這樣碎碎念，你不會生氣呀？」

媽媽聽了，微微一笑，說：「奶奶是長輩，我是晚輩，她念我，表示我有做不好的地方，我感謝她都來不及，怎麼會生氣？」

我張大眼睛看著媽媽，很驚訝她會這樣回答。媽媽看看我，又說：「你們也一樣，如果奶奶念你們，你們也要虛心接受，不可以頂嘴喔！」

媽媽剛說完，弟弟就大聲說：「媽，姐姐有頂嘴！每次奶奶念她的時候，她就臉臭臭的頂回去。」

「胡說！我哪有？」我立即辯解。

「你明明就有！我看過好幾次了。」

「你胡說八道！如果有，拿出證據來！」

看到我和弟弟又吵了，媽媽先制止，然後訓了我一大串，訓得我面紅耳赤，抬不起頭——她碎碎念的功夫，絲毫不比奶奶差。唉！都怪我多嘴，剛才要是聽媽媽說故事，不要問那個問題，就不會發生這樣的事了，我真是不折不扣的「禍從口出」呀！

隔天，星期六，一大早，媽媽就把我和弟弟叫起來，要我們和她享受另一段親子時間。

奶奶是個「分得很清楚」的人，像昨天晚上，她知道媽媽不用去兼課，故意把碗筷留給媽媽洗，我為了和媽媽去散步，主動洗了。今天早上，有一堆的衣服要洗，奶奶知道媽媽不用上班，也特地留給媽媽洗。媽媽為了避免碎碎念的轟炸，很認分的洗起來，只不過，她要我和弟弟「分享」。

隨著隆隆的聲音，衣服和水在洗衣機的肚子裡翻騰，幾個回合之後，最後一次脫完水，媽媽把洗好的衣服放進籃子裡，帶著我和弟弟拿到頂樓晒。我和弟弟負責用衣架把衣服撐開，由媽媽將它們一件一件的掛在竹竿上。

「討厭！怎麼會有這麼多衣服！」弟弟不耐煩的說。

「我們家是三代同堂，人多，衣服當然就多呀！」媽媽說。

「假如我們家人少一點，就不

用晒這麼多衣服了。」弟弟又說。

「對呀！可是要少誰呢？」媽媽邊掛衣服邊說：「少了爺爺奶奶，就沒人送你們上英文班、沒人煮晚餐給你們吃；少了爸爸媽媽，你們就會變成孤兒。你覺得少誰比較好？」

弟弟看著媽媽，久久說不出話來。

「啊！有了！」媽媽忽然大叫：「你的衣服最髒，也最多，就少你吧！」

「不行！少了我，你和爸爸就沒有孩子了。」弟弟叫著。

「我們還有姐姐呀！」媽媽笑著說。

「不行！不行少了我！」

「那你就認真晒衣服，別再抱怨了。」

弟弟不敢再多說話，悶不吭聲的拿衣架把衣服撐開。看弟弟的模樣，我忍不住笑了，昨天晚上是我禍從口出，今天換他了，這就叫作「十年風水輪流轉」！

天空中，一群鴿子盤旋著。晒完衣服後，我們母子三人繼續留在頂樓看鴿子，享受偶來的親子時間。從昨晚第一個親子時間開始，都只有媽媽、弟弟和我，爸爸缺席了，因為他正為了工廠而忙碌著。

忽然，奶奶出現了：「衣服都晒好了，幹麼還留在這裡晒太陽？」

「奶奶，我們在看鴿子。」弟弟說。

奶奶抬頭看看天空，說：「鴿子？有什麼好看的？」然後話鋒一轉，問媽媽：「我要去菜市場，有什麼要買的？」

「媽，你做主啦！買什麼都好。」媽媽答。

奶奶下樓後，我們也跟著下樓。等奶奶從市場回來，另一段親子時間又將展開——挑菜、洗菜、煮午餐，這也是奶奶「分得很清楚」的項目之一。

外婆家

星期日上午，爸爸、媽媽、我和弟弟坐上了前往花蓮的火車。

這次，爸爸總算出席了，但卻不是帶我們出遊，而是要去為外婆做七——身為半子的爸爸，即使再忙，也不得不放下工廠的事情，趕著去外婆家盡盡孝道。

一個多月前，外婆因癌症去世了，辦完告別式之後，每到星期日，我們就要千里迢迢的去為外婆做七，做完後，再千里迢迢的坐夜車回桃園，以便第二天的上班、上學。由於一直在趕行程，而且每個星期都要一次，就算往返都搭火車，卻也覺得很辛苦。

幸好，這次是尾七，做完這個七，就正正式式送走了外婆，這種每個星期趕一次的情形，就可以畫上休止符了。

爸爸和媽媽坐在一起，他們很有默契的閉著眼睛養神。弟弟坐在我旁邊，低頭玩著他的電動玩具，一副出遊的樣子。我靠在窗邊，看著快速向後移動的景物——其實也沒什麼好看的。這些日子以來，每個星期一次的往返，火車走到哪裡，窗外會出現什麼，我幾乎瞭若指掌了。

看著看著，我忽然想到：等我長大後，如果也嫁得很遠，每次都要這樣千里跋涉的回娘家，不也很累、很麻煩嗎？所以我暗自決定，將來我若是

要嫁人，一定要嫁近一點，不然……

火車在鐵軌上快速向前奔馳，過了一站又一站。爸爸媽媽繼續閉目養神，爸爸甚至發出了輕微的打呼聲，可見他熟睡了，而不只是養神而已。

弟弟大概玩膩了，收起了電動玩具，說：「姐，我們來玩遊戲好不好？」

「玩什麼？」我問。

「玩剪刀石頭布！」弟弟說：「輸的人要被彈一下耳朵。」

彈耳朵？真是幼稚！我冷冷的答：「不要！無聊！」

「那……你說說看玩什麼。」

「我什麼都不想玩！」說完，我別過臉，繼續趴在窗邊看景物。

火車向前奔馳了一段時間，再次停下來，一聲聲「便當！便當！」從車廂外傳進來，我知道，福隆站到了，只要到了這一站，弟弟一定會有所反應。果然不出我所料，他叫醒了媽媽，嚷著要吃便當——他真的是一副出遊的樣子！

媽媽站起身子，走了兩步，轉身問我：「雅筑，你要不要？」

我挺直身體，感覺肚子飽飽的，搖搖頭說：「不要。」

媽媽沒再問我，轉身走開了。一會兒，她回來了，拿了個便當給弟弟。

火車再次向前滑行後，弟弟打開便當，大吃起來──他根本就是來出遊的！陣陣菜香不斷的鑽進我的鼻孔，看著弟弟的大快朵頤，聞著誘人的菜香，我的口腔裡滿是口水。我後悔極了，後悔剛才為什麼說「不要」。

我拿出MP3，把耳機塞進耳孔，用我最喜歡的歌曲對抗誘人的菜香。這招果然奏了效，我不再被菜香誘惑，還被一首首好聽的歌曲催了眠，不知不覺閉上了眼睛……

張開眼睛，是媽媽搖醒我的，她說，花蓮站快到了，要我準備一下。出了車站後，爸爸招了一輛計程車，一家四口擠了進去，直開向外婆家。

到了外婆家，除了主人舅舅，我們是率先報到的。舅舅招呼我們吃過午餐，就一邊閒聊，一邊等著其他親友回來。隨著時間流逝，親友們陸陸續續回來了，屋子裡頓時熱鬧起來，討論聲、喧譁聲，甚至嬉笑聲，不時交互出現。

記得外婆去世、辦告別式，還有頭七、二七時，舅舅阿姨們一見面，不是抱頭痛哭，就是流淚啜泣。現在，沒有人抱頭痛哭，也沒有人流淚啜泣，感覺上，大家好像只是為了共同做一件事情而聚在一起。

唉！人真的很容易因時光的流逝，而遺忘了很多東西！

天色漸漸暗了，做法事的東西準備好了，法師問：「人都到了嗎？可以開始了嗎？」

「都到了，可以開始了。」舅舅答。

法師要大家就定位後，在繚繞的香煙裡和平穩的誦經聲中，外婆的尾七展開了序幕。

雖然之前做過六個七了，可是，該怎麼做、什麼時候跪、什麼時候拜，大家還是一知半解，只能像傀儡一樣，任由法師擺布，他說跪，大家就跪；他叫拜，大家就拜。經過幾個回合的跪和拜，外婆的尾七做完了，從今晚開始，外婆正式的離開了這個繁華人世！

舅媽端出點心招呼大家吃，我們要趕火車回桃園，所以沒時間吃。爸爸、媽媽向親友們打過招呼後，準備趕往火車站，舅舅阿姨們七嘴八舌的提醒媽媽：

「要常常回來喔！」

「別忘了這裡是你的娘家。」

「雖然媽媽離開了，我們兄弟姐妹還是要常見面。」

媽媽一面點頭，一面「我會」、「我知道」、「我曉得」的應著。經過一番的依依不捨後，我們一家四口擠進計程車，往車站直奔而去。

火車向前滑行了，我們開始踏上歸途，將近兩個月的長途跋涉，也即將畫上句點。

弟弟問媽媽：「下個星期我們還要不要來外婆家？」

「不用了，今天是最後一次。」媽媽答。

「為什麼？」

「因為我們已經把外婆送到極樂世界了。」

我趴在窗邊，一面聽著媽媽和弟弟的對話，一面靜靜的看著窗外。上午出發時是白天，窗外有許多不同的景物可看。現在是晚上，窗外除了快速閃過的燈火，盡是一片漆黑，根本看不到什麼，我卻看得很投入。

火車駛出了市區，窗外的燈火不見了，只剩下漆黑，沒有東西可看，我乾脆拿出MP3來聽。一首首好聽的歌曲將我催了眠，不知不覺，我閉上了眼睛……

再次睜開眼睛，依舊是媽媽搖醒我的，她說，火車到站了，快到家了，要我準備一下。看看窗外，原來消失的燈火又出現了，我有一種豁然開朗的感覺……

暈倒

上最後一節課時，天空忽然烏雲密布，一副風雨欲來的樣子。同學們看了，紛紛「啊！好像會下大雨！」「怎麼辦？我沒有帶到雨具。」的吱吱喳喳著。

聽著同學的吱吱喳喳，看著外頭的烏雲密布，雖然我也沒有帶雨具，卻是老神在在——待會兒若是真的下雨了，爺爺一定會幫我送雨具來，我根本不用擔心。

排放學路隊時，大雨果然滂沱而下，同學們又是一陣驚慌失措，儘管擴音器傳來「現在下大雨了，沒帶雨具的同學，請在一樓走廊避雨，等候家長送雨具來，或是等雨停了再回家。」，可是同學們似乎沒聽進耳裡，一副副天將要塌下來的焦急模樣。

我站在一樓走廊上，不時的翹首盼望著。不久，我看到爺爺了，他撐著雨傘，穿著雨鞋，從雨箭中走了過來。我擠出人群，站到一個較明顯的地方，讓爺爺容易找到我。

爺爺越來越近，我一面招著手，一面「爺爺！」「爺爺！」的叫著——爺爺的耳朵有點重聽，雨聲又大，他根本聽不到我的叫喚。我叫他，也只是反射性的舉動而已。

爺爺張望了一會兒，終於看到我了，快步走到我面前，遞給我一把傘。我撐開傘，跟在爺爺後面，踩著一地的雨水回家。

踏進家門，奶奶一見我就說：「趕快先寫作業，你媽媽人在醫院裡，別讓她為你擔心。」

什麼！媽媽在醫院裡！好端端的，她怎麼會在醫院裡？我問：「奶奶，媽媽為什麼會在醫院裡？」

「暈倒了呀！人家才把她送到醫院去。哎，不知道是不是又發作了？」奶奶一邊說，一邊向廚房走去，一副不想跟我講話的樣子。

發作？什麼又發作？既然奶奶「不想跟我講話」，去問爺爺吧。爺爺進來後，我問：「爺爺，媽媽為什麼會在醫院裡？」

「啊？你說什麼？」爺爺側著耳朵。

我提高聲調，再問一次。這次，爺爺聽清楚了，他說：「她上班的時候，突然暈倒了，同事把她送到醫院，並打電話回來，叫你爸爸去。」

「她生了什麼病？」

「可能是……哎！我也不清楚，要等你爸爸回來才知道。」爺爺說。

聽到媽媽在醫院，我不由得擔心起來，拿起電話筒，撥了媽媽的手機號碼，但她關機。撥爸爸的，他的也關機。兩個人的手機都關機，我只好無奈的放下話筒。

進到房間，我拿出課本和簿子，照奶奶說的「趕快先寫作業」，可是我的心一直靜不下來，寫了又擦，擦了再寫，作業還沒寫完，擦出來的橡皮擦屑已經堆得像座小山了。

剛才奶奶說「是不是又發作了」，難道媽媽有什麼病嗎？雖然她看起來柔柔弱弱的，在我的印象中，除了傷風感冒，她好像沒生過什麼病呀！到底是什麼又發作了？唉！真是讓我越想越煩！

好不容易把作業寫完，弟弟進來了，攤開手中的國語習作問：「姐，這題造句要怎麼造？教教我。」

我接過習作，看了看，想到前幾天他炫耀第一名的事，本想說「你不是考第一名嗎？很厲害呀！自己造。」，又想到媽媽常常提醒我「你是姐姐，弟弟不會的功課，你要教他。」，再說，二年級的考題很簡單，考第一名是輕而易舉的事，於是，我拋開對弟弟的不爽，用心教起來。

剛教完，奶奶「雅筑，天豪，下來吃飯呀！你們兩姐弟在上面做什麼？孵蛋呀！」的聲音從樓下傳上來。我應了一聲，趕緊帶弟弟下樓，不然，等一下奶奶又是一陣連珠炮般的碎碎念！

吃完晚餐，我和弟弟匆匆忙忙提了英文班的手提袋，先後跨上機車後座，讓爺爺用「三明治」的方式，載我們去英文班上課。

爺爺和奶奶是標準的「男主外，女主內。」。奶奶不會騎車，除了上市場買菜，專管家「裡」的事。爺爺會騎車，接送我和弟弟的事由他負責。但爺爺不會開車，不管晴天雨天、冷天熱天，他就靠著那輛機車載我和弟弟走透透。

九點，課上完了，走出英文班大門，爺爺早等在外面了。我和弟弟先後跨上機車後座，再讓爺爺用「三明治」的方式載回家。

一回到家，就看到姑姑，她正在客廳裡和奶奶講話。看到我和弟弟，像怕被我們聽到似的，她們不約而同的閉上嘴巴。在她們閉上嘴巴之前，我聽到的最後一句話，是奶奶說的「他把自己弄得這麼忙、這麼累，當然會出事情。」

這麼忙、這麼累，指的不是爸爸，就是媽媽，他們都很忙。但奶奶說的應該是媽媽，因為「當然會出事情」——媽媽人在醫院裡，就是出了事情！

「姑姑，媽怎麼了？」我問。

「時間不早了，你們先去洗澡，等一下我再告訴你們。」姑姑說。

姑姑是個說一不二的人，就算我再繼續追問，她也不會說，我只好乖乖上樓。

洗好澡，姑姑上來了，要我和弟弟拿作業給她檢查、拿聯絡簿給她簽名。簽了名，我問：「姑姑，媽媽發生什麼事？」

姑姑說：「她上班時暈倒了，同事把她送到醫院……」

姑姑還沒說完，我就打斷她：「這個爺爺說了，我知道了。我是說，媽媽現在怎麼了？」

「她……」姑姑看看我和弟弟，動動嘴脣，好像有難言之隱。一會兒，她說：「醫生要幫她抽血、驗血，還要做很多檢查，所以要在醫院住一、兩天。」

「做很多檢查！她是不是很嚴重？」我又問。

姑姑說：「我也不清楚，要等醫生檢查後才知道。」

姑姑還說，有爸爸在醫院陪媽媽，不會有事，要我和弟弟放心。還要我和弟弟這兩天乖一點、自動一點，她每天晚上會過來幫我們檢查作業、簽聯絡簿……最後，叫我和弟弟去睡覺。

姑姑下樓後，我雖然躺上了床，腦子裡卻想著媽媽，怎麼也睡不著……

變

「雅筑，起床了！太陽都晒到屁股了，你還在睡！你媽媽人在醫院裡，你還可以睡得這麼安穩！」

平常，都是媽媽叫我起床，她總是輕輕的、柔柔的叫，我也總是撒撒嬌、賴賴床，然後被媽媽死拖活拖的拖下床。現在，在奶奶的一番連珠炮下，別說撒嬌、賴床了，我的瞌睡蟲全跑得一乾二淨，整個人猛的從床上彈坐起來。

平常的這段時間，是我們家最忙亂的時候，媽媽忙著趕火車，爸爸忙著去工廠，我和弟弟則忙著等上學。如今，媽媽人在醫院裡，爸爸去陪媽媽，只剩下我和弟弟，相較起來，卻又覺得不怎麼忙。

「快吃呀！你們姐弟倆在數飯粒呀？等你們數完，太陽都下山了。」

聽到奶奶的聲音，我連忙扒了一口稀飯。稀飯很燙，不數著吃都不行，我忍不住在心裡抱怨：「奶奶真討厭！吃蛋餅、三明治不好嗎？為什麼要煮稀飯？這麼燙，教人家怎麼吃？」

好不容易吃完稀飯，我背了書包，帶齊東西，拉著弟弟「逃」出家門——突然間，我有如釋重負的感覺！

放學後，剛踏進家門，奶奶迎面就是：「趕快去寫作業，別看電視了。你媽人在醫院裡，做事自動一點，不要什麼都要人家盯著。」

我臉一垮，吭都不吭一聲的直接上樓。人在醫院裡！人在醫院裡！誰不知道媽媽人在醫院裡！奶奶有必要動不動就掛在嘴邊嗎？我也沒說要看電視呀！我哪一天不是一回家就自動寫作業？

雖然我很討厭奶奶的碎碎念，卻又不得不佩服她。可惜學校沒有舉辦老人組演說比賽，如果有，派她去，她一定拿第一名回來！

晚上，姑姑依約來幫我和弟弟檢查作業、簽聯絡簿。

「姑姑，媽媽現在怎麼了？她什麼時候回來？」我問。

姑姑說：「她要做很多檢查，檢查完，還要看結果，最少也要兩、三天。」

聽到兩、三天，我失望的低下頭。弟弟忽然說：「這麼大了，還一天到晚開口媽媽、閉口媽媽，真是丟臉！」

我轉過頭，狠狠的瞪弟弟一眼。他當然可以不用開口媽媽、閉口媽媽，他是爺爺奶奶唯一的孫子，集三千寵愛在一身。哪像我，奶奶好像對我有成見似的，動不動就要一番碎碎念，媽媽是我的靠山，我能不開口媽媽、閉口媽媽嗎？

為了避開奶奶的碎碎念，睡覺前，我特地將鬧鐘撥早了二十分鐘。隔天早上，我還是沒能逃過一劫，鬧鐘還沒響，我就被「活鬧鐘」的連珠炮叫醒了。在炮聲中，刷牙洗臉、吃熱騰騰的稀飯，然後換衣服、背書包，倉皇的「逃」出家門。接著而來的，是如釋重負的快感！

放學時，滂沱的大雨再度傾盆而下。我站在一樓走廊上，一面欣賞雨景，一面等爺爺送雨具來。

忽然，一個熟悉的身影進入我的眼簾，是媽媽！她撐著傘，跳舞般的避開積水遠遠走來。我立刻擠到人群的最前方，用力的招手，大聲的叫：「媽！我在這裡！我在這裡！」

媽媽張望了一會兒，找到了我，快步走到我前面，給我一把傘。我一面接傘，一面意外的問：「媽，怎麼會是你？」

媽媽笑著說：「不能是我呀？傘還我，我回去了。」

「不是啦！不是啦！」我連忙解釋：「看到你送雨傘來，人家覺得意外嘛！」

「我在家沒事，想從來沒替你送過雨具，所以就來了。」

看到媽媽來接我，我興奮極了，懶得把手中的傘撐開，立刻靠到媽媽身邊，挽著她的手臂，母女倆共撐一把傘，跳舞般的避開積水走回家。

晚餐，全家六個人一起圍在餐桌旁吃。除了假日，六個人能在一起吃飯，是很難得的，尤其有爸爸、媽媽在，使得我食欲大增。

看著媽媽慢條斯理的吃著，我忽然想起了：「你晚上不到夜間部上課呀？」

「我想休息一陣子，所以向學校請了假。」媽媽說。

休息一陣子？這樣一來，我們就多了許多親子時間，哇！真是太好了！

晚餐後，媽媽正打算洗碗，奶奶說：「放著放著！你人不舒服，我洗就好。」

「沒關係啦！洗碗又不會費力。」媽媽堅持要洗。

奶奶起身走過去，擋在媽媽前面，隨即嘩啦嘩啦的洗起來，邊洗還邊念：「自己是什麼身體，要想清楚，能不累，就不要累……」

向來「分得很清楚」的奶奶，竟然會搶著洗碗，堅持不讓媽媽洗，我覺得很訝異，也十分意外，她……是不是「吃錯藥」了？

奶奶洗碗時，雨早已經停了，爸爸媽媽換了運動鞋，一副要出門的樣子。我問他們要去哪裡，爸爸說要和媽媽去公園散步。和媽媽去公園散步！這是多麼罕見的事呀！

「我也要去！」我嚷著。

「還有我！我也要去！」弟弟跟著嚷。

爸爸看媽媽一眼，再看看我和弟弟，說：「我和媽媽一面散步，一面有重要的事要商量。你們去了，會干擾我們，今天你們留在家裡，下次再讓你們跟。」

下次？下次也許爸爸又缺席了！我和弟弟有志一同的賴著要跟。爸爸臉色一沉，說：「聽話，留在家裡，不然，我要生氣了。」看著爸爸的臉色，聽著他那半帶威脅的聲音，我和弟弟再怎麼想跟，也不得不「乖乖」的待在家裡。

爸爸媽媽出門後，我滿腔憤怒的回到房間，滿腔怒火的躺到床上。有重要的事，在家裡商量不行嗎？為什麼一定要邊散步邊商量？讓我和弟弟跟著去會怎樣？他們散他們的，我和弟弟散我們的，只要我們不干擾他們就好了，為什麼非要我們留在家裡？

我越想越生氣，忍不住重重搥了一下床鋪。好，等一下爸爸媽媽回來，我一定要冷漠以對，擺臉色給他們看……可是，這樣我會不會太任性了？

幸福

昨天傍晚，爸爸媽媽不讓我跟著去公園散步，我本想冷漠以對、擺臉色給他們看。

他們散完步，帶了冰冰涼涼的豆花回來。看到豆花，我忘了冷漠以對、擺臉色給他們看，反而熱情相待、以滿臉的笑容迎接他們。一杯豆花就可以讓我的怒氣煙消雲散，沒辦法，誰教豆花是我的最愛！

早上，媽媽用她那輕輕的、柔柔的叫我起床。聽到她的聲音，我又是撒嬌，又是賴床，磨蹭了好一會兒，才被媽媽死拖活拖的拖下床。同樣叫我起床，奶奶是連珠炮，媽媽是「仙女棒」。我喜歡「仙女棒」，討厭連珠炮！

刷牙洗臉後，媽媽叫我和弟弟吃早餐，她也坐下來陪我們吃。早餐吃的是鮮奶和三明治，想也知道，這是媽媽準備的。換了是奶奶，眼前一定是一碗熱騰騰的稀飯！

喝一口鮮奶，看媽媽一眼，我忽然想到：以往這個時候，媽媽正手忙腳亂的趕著搭火車，現在她竟然可以這麼悠閒的陪我和弟弟吃早餐！

「媽，你今天不用趕火車、上班呀？」我好奇的問。

「我請假了呀！昨天不是說過了。」媽媽邊喝鮮奶邊說。

是呀！昨天媽媽有告訴我她請假，但她只說向夜間部請假，並沒有說連上班的地方也請假呀！不過，這樣也好，媽媽不用上班，不用去夜間部兼課，就有更多的時間陪我和弟弟，真好！真的很好！

早餐後，我背了書包，帶齊該帶的東西，向弟弟使了個「該出門了」的眼色，然後說：「媽，我們去上學了喔！」

「等一下，我陪你們去！」媽媽突然說。

媽媽要陪我們上學？這是多難得的事呀！我停下腳步，用不敢相信的眼神看著媽媽。媽媽換了鞋，走到我和弟弟身邊，輕鬆的說：「走吧！我陪你們去學校。」然後自顧自的往前走。媽媽這個舉動，讓我大感意外，眼睜睜的看著她，忘了跟上去。

「雅筑，走呀！你站在那裡發什麼呆？」看我沒跟上，媽媽轉過身子說。

聽了媽媽的叫喚，我回過神，三步併做兩步的跟上去。媽媽一手牽著弟弟，一手搭著我的肩，三個人一步一步的向學校的方向走。

「媽，你……」

我剛開口，媽媽就說：「你是不是想問，我為什麼要陪你們上學？」

「嗯！」我點點頭。

「我是想……」媽媽頓了一下，說：「我……已經很久沒有陪你們上學了，趁著在家裡，就陪陪你們吧，順便運動運動，不然……」媽媽停住，沒再說下去。

我問：「不然怎樣？」

「不然……你和天豪也許會怪我不關心你們呢！」

「不會啦！平常你要趕火車，哪有時間陪我們？」我不在意的說。說不在意，其實是騙人的。像現在，有媽媽陪在身邊，我不但心情舒暢，走起路來，腳步也輕盈多了，誰說我不在意？

來到校門口，我和弟弟向媽媽道聲再見，揮揮手，準備進校門。媽媽「上課要專心」、「別和同學起爭執」……的耳提面命一番，跟著轉身回家。雖然媽媽

回去了，走往教室的途中，我的腳步依然是雀躍的，因為媽媽陪我上學！

由於媽媽在家，一放學，我就加緊腳步走向校門，接著再快馬加鞭的往前直奔——幾乎是半走半跑的往前奔。我很少走得這麼急、這麼快，所以走得我滿頭大汗，氣喘吁吁。

踏進家門，客廳裡沒有媽媽的人影。我知道，她躲在房間裡——以往她沒上班、在家的時候，為了避開奶奶的碎碎念，只要沒事，她就待在房間裡。想到這裡，我不由分說的往樓上衝，一邊衝，一邊「媽，我回來了！」的叫著。

撞進媽媽的房間一看，她果然在裡面，正拿著棒針、毛線織毛衣。

「媽，你會織毛衣？我怎麼不知道！」我驚訝的說。

媽媽笑笑說：「我年輕的時候就會了，是外婆教我的，只是一直很忙，沒空織，趁著這幾天在家裡，拿出來練一練，不然……怕忘了。」

可是……不對呀！現在才五月，天氣漸漸熱了，離冬天還有半年多，媽媽幹麼現在織毛衣？

「媽，現在才五月耶！」我說。

「我知道現在是五月呀！」媽媽說：「織一件毛衣，要花很長的時間，我想趁著有空的時候，先織起來放著，不然……不然到了冬天，你和弟弟想穿，我……也沒空織了。」

嗯！說的也是！這就叫作「宜未雨而綢繆，勿臨渴而掘井」！既然媽媽在織毛衣，我就不打擾她了，轉過身子，回房寫作業。

快要吃晚餐時，爸爸忽然回來了。以往他都是忙到三更半夜，甚至睡在工廠，想不到今天竟然會回來！大概是因為媽媽在家的緣故吧，我想。

晚餐吃到一半，奶奶問媽媽：「你是什麼時候要去……」

奶奶還沒說完，爸爸「嗯」的咳了一聲，然後對奶奶擠擠眉、努努嘴。奶奶看了，說：「喔！我是說……什麼時候去上班？」

「我想……再過幾天。」媽媽低聲說。

「『賺錢有數，性命要顧』，唉！」奶奶故意用台語說。

「我……知道啦！」

吃完晚餐，媽媽又要去洗碗，奶奶依舊「放著放著！我洗我洗！」的阻止。經過一番的你爭我奪，奶奶的連珠炮贏了。利用奶奶洗碗時，爸爸媽媽換了運動鞋，看樣子，他們又要去公園一面散步，一面商量事情了——這次，爸爸媽媽沒有阻止我和弟弟跟。

在公園裡，爸爸媽媽走在一起，邊走邊聊他們的。我和弟弟走在一起，邊走邊玩我們的——也許爸爸媽媽真的有要事商量，所以我和弟弟盡量不干擾他們。

雖然我們各走各的，我還是覺得很滿足，如果天天都能這樣，該是多麼幸福的事呀！

母女

又到了星期六。雖然是星期六，爸爸一早就去工廠了。他的工廠屬於草創階段，為了及早步上軌道，他不但沒有日夜，連假日也沒有。

吃完早餐，媽媽帶著我和弟弟準備做假日的例行工作——洗衣服。打開洗衣機，裡面卻空無一物，原來衣服早就洗好、晾好了。不用想也知道，一定是奶奶做的——家裡除了媽媽，另一個負責洗衣服的人就是她。

她這麼早就把衣服洗好、晾好，難不成三更半夜就做了？如果真是這樣，我必須舉雙手高呼「奶奶，你真偉大！」

自從媽媽從醫院回來後，向來「分得很清楚」的奶奶，不但每晚搶著洗碗，連假日原本該由媽媽洗的衣服，也搶著洗了、晾了，而且動不動就對媽媽說「別太累」、「身子要顧好」……

我一直覺得很納悶，是不是媽媽的身體出了問題？但這幾天下來，她每天都精神奕奕的，不像身體有什麼問題的樣子呀！奶奶的一言一行，我不納悶都不行，只是，我不敢開口問。

爺爺奶奶要去喝喜酒，把弟弟也帶了去，家裡剩下媽媽和我兩個人。

不是說「男孩女孩一樣好」嗎？在我們家，卻不是這樣。就拿喝喜酒這件事來說，同樣是孫子，爺爺奶奶只帶弟弟去，我卻沒得跟，只因為弟弟是男的，我是女的！

再拿奶奶來說，她會對媽媽碎碎念，也會對我碎碎念，但很少聽她對弟弟碎碎念，所以我深深的認為：爺爺和奶奶有著強烈的重男輕女的觀念！

因為爺爺奶奶比較疼弟弟，跟著他們又有不少的好處，所以弟弟常常黏著爺爺奶奶，黏媽媽的時間反而較少。倒是我，爺爺奶奶不疼，爸爸不親，唯一能跟、能黏的，只有媽媽！

現在家裡只剩下媽媽和我兩個人，也好，這樣媽媽就完完全全、真真實實的屬於我一個人的了！

爺爺、奶奶和弟弟出門不久，媽媽忽然說：「雅筑，現在太陽很大，我們來洗被單好不好？」

洗被單！記得不久前才洗過，現在又要洗了？雖然我心裡有點不大願意，為了把握和媽媽相處、共事的機會，我綻開笑臉說：「好啊！好啊！」

媽媽把家裡所有的被單都剝下來，丟進洗衣機裡，經過二、三回合的清洗和脫水後，兩個人合力抬到頂樓晒。晒好被單，媽媽說她有點累，想回房休息，要我午餐前叫她。

媽媽回房後，剩我一個人。既然只有我一個人，當然就可以肆無忌憚的為所欲為，於是我下到一樓客廳，拿起遙控器，打開電視，往沙發上一躺，大剌剌的當起「睡美人」。

平常奶奶在家，看個電視她都會念上老半天。若是看到我現在這個樣子，她不念個天昏地暗才怪！對我來說，奶奶不在家真好！真的真的很好！

躺著躺著，看著看著，我的眼睛都快瞇上了，忽然想起媽媽要我在午餐前叫她，猛的從沙發上彈坐起來，看看牆上的時鐘，還好，才十一點多一點點而已。

我關了電視，上樓來到媽媽房間，推開門一看，媽媽明明說要休息，卻盤腿坐在床上看東西。我叫了聲「媽」，跟著爬上床，低頭一看，原來媽媽在看照片。

「媽，你不是說要休息嗎？怎麼在看照片？」我問。

「我也剛起來呀！想說午餐時間還沒到，所以拿照片出來翻一翻。」媽媽答。

「你在看什麼照片？」我又問。

「看你和天豪從小到大的照片呀！」

聽到媽媽在看我和弟弟的照片，我突然興起，隨即靠到媽媽身邊，跟著一張張的看起來。看到一張胖嘟嘟的嬰兒裸身照，我好奇的問：「媽，這個是誰？」

媽媽看我一眼，說：「拜託！看也知道！這是個女生，當然是你，難道是天豪呀？」

我仔細一看，旁邊有一行「雅筑嬰兒照」的小字，還有小便的地方……啊！可不是我嗎？全身光溜溜的，真丟臉！再看一眼，我小時候竟然長得這麼胖，像隻小肥豬似的，實在難看極了！

看到這些難登大雅之堂的照片，我立刻強迫媽媽往下翻。母女倆就這樣一面翻，一面驚叫著，度過了一段溫馨的時光。

收照片時，我不解的問：「你怎麼突然想到要看這些照片？」

媽媽深深看我一眼，說：「你和天豪是從我的肚子出來的，我一路看著你們長大，看這些照片，可以勾起我許多美好的回憶。還有……我想趁著現在記憶力好的時候，把你們看清楚一點，不然……怕老了，會忘了。」

「媽，你放心啦！就算你老了，我和弟弟也會天天陪在你身邊，天天讓你看，你就不會忘了。」

「真的？是你說的喲！」媽媽停了一下，看著我問：「那……你會不會把媽媽忘了？」

「把你忘了！怎麼可能呢？你是我的媽媽，我怎麼捨得把你忘了？」

媽媽聽了，臉上露出一抹笑容，說：「那我就放心了！」

午餐，只有我和媽媽兩個人吃。媽媽用昨晚的剩飯煮成稀飯，加了些肉末和皮蛋丁進去，熬成一鍋皮蛋瘦肉粥，母女倆相鄰而坐，呼嚕呼嚕的吃起來。

同樣是稀飯，奶奶煮的，我有很強烈的排斥感；媽媽煮的，我卻吃得津津有味。也許是加了肉末，也許是加了皮蛋丁，更也許是加了媽媽的愛，即使吃得滿頭大汗，我還是連吃了三碗。

休息了一陣子，媽媽要我陪她上頂樓把被單收下來，然後再一條條套好。我知道媽媽為什麼要這麼做——她想在奶奶回家前，把棉被回復原來的樣子，不讓奶奶看出她洗過被單，才不會又被奶奶碎碎念。

剛套好棉被，爺爺、奶奶和弟弟回來了，弟弟還帶了一包菜尾給我。弟弟吃新鮮的，我吃菜尾，男孩女孩一樣好嗎？不過，我一點也不在意！

爺爺、奶奶和弟弟不在家的時候，我和媽媽度過一段甜蜜的「母女時間」，這種心靈的滋潤，弟弟是絕對享受不到的！

夜半驚魂

星期天一早，我就被媽媽那輕輕、柔柔的聲音叫醒了，原來她和爸爸臨時決定要帶我和弟弟去動物園玩。聽到要去動物園，原本睡眼惺忪的我，眼睛立刻射出兩道光芒，睡意也跟著消失得無影無蹤，刷牙洗臉、吃早餐、換衣服……不用媽媽催促，所有動作都一氣呵成。

自從爸爸和朋友合資開工廠後，除了前一陣子外婆做七，或是家裡有重要事情，他所有的假日都奉獻給了工廠，幾乎沒有多少和我們相處的時間，今天他突然要帶我和弟弟去動物園，真的比難得還要難得。為了避免節外生枝，我當然要一氣呵成的全力配合。

出發前，奶奶聽說我們要去動物園，臉一沉，連珠炮又放了：「自己的身

體……不認分一點，還要四處『趴趴走』，真是七月半的鴨子！」

媽媽沒有說話，爸爸卻開口了：「媽，好了啦！我們只是帶孩子出去逛一逛，很快就回來，不會怎麼樣啦！」

「不會怎麼樣！到時候如果怎麼樣，我看你們怎麼樣！」說著，奶奶頭也不回的進屋去了。

爸爸看媽媽一眼，什麼也沒說，催我和弟弟上車後，發動了引擎，一家四口就出發了。

印象中，我們已經很久沒有一起出遊了，所以我和弟弟很興奮，進到動物園後，就像兩匹脫了韁的馬似的，一面盡情的看，一面盡情的叫。逛到猴子區，弟弟忽然大叫：「你們看！猴媽媽抱著一隻小猴子耶！」

媽媽看完，笑著對弟弟說：「你小時候，我也是這樣抱你的。」

「那你就是猴媽媽，我就是小猴子囉！」弟弟又叫。

「不！你是小猴子，我才不要當猴媽媽咧！」媽媽停了一下，話鋒一轉，說：「我想到一個有關猴子的故事，你們要不要聽？」

媽媽向來就很會講故事，我讀低年級的時候，偶爾她會去教室當故事媽媽，講故事給同學聽。聽到她要講故事，我和弟弟不約而同的說：「要！我要聽！」

媽媽說，森林裡要舉辦一項選美比賽，主角是動物的孩子，由媽媽陪著上台。比賽消息公布後，媽媽們都替孩子報了名，並想盡辦法把孩子打扮得漂漂亮亮的，希望能得到第一名。

比賽當天，媽媽們陸陸續續帶著孩子上台。輪到猴媽媽了，她剛抱著小猴子上台，台下就是一陣哄堂大笑，因為小猴子乾乾癟癟的，身上沒有幾根毛，實在醜得不像話。聽到台下的笑聲，猴媽媽義正詞嚴的說：「我知道你們笑我的孩子醜，但是在我心中，他永遠是最美的。」

故事剛講完，弟弟就說：「既然她的孩子醜，她為什麼還要讓孩子參加比賽？不是自取其辱嗎？」

「哎！你沒聽到猴媽媽說的嗎？」我說：「在她心目中，她的孩子是最美的，這才是重點！」

「雅筑說對了！在媽媽心目中，你們也是最美的。」媽媽兩手分別搭著我和弟弟的肩。

弟弟一聽，嘟著嘴說：「我長得又不醜！」

我看著媽媽，細細的咀嚼著她的話。是的，在她心中，我和弟弟是最美的，因為我們是她的孩子，她愛我們！

繼續逛了一段時間，陽光越來越強，媽媽說她不大舒服。爸爸聽了，決定提早回家，讓媽媽休息。看到媽媽不舒服，我同意回家，弟弟卻不願意，但爸爸很堅持，弟弟只好氣呼呼的上了車。

回到家，媽媽立刻回房休息。奶奶知道了，又是一陣如滔滔江水般的碎碎念，念到我們都躲開了，她還沒停下來。

媽媽整整休息了一個下午，直到晚餐時，她才露臉，隨便吃了幾口飯，又回房去了。奶奶又念了：「好好的家裡不待，就要出去逛，現在好了，人難過了吧！」

「媽，人家都在難過了，你講這些幹麼啦？」爸爸不耐煩的說。

「這就叫作『不聽老人言，吃虧在眼前』啦！」

一直到就寢時間，媽媽都沒再露臉。為了讓她好好休息，我也沒有去打擾

她，做完該做的事，就去睡了。

不知睡了多久，一陣宏亮的救護車警笛聲把我從睡夢中吵醒，接著，房間外傳來一陣急促的腳步聲和說話聲。我打開門，看到爸爸帶著兩個穿著制服、抬著擔架的救護人員，進了他和媽媽的房間。

我想靠過去看，奶奶一把將我抓住，說媽媽有點狀況，救護車要送她去醫院，叫我不要過去妨礙人家。

媽媽有狀況！是什麼狀況？連救護人員都來了，想必是大狀況！

一會兒，救護人員一前一後推著擔架出來了，躺在上面的，正是媽媽。看到媽媽，我忍不住哭了，「媽」「媽」的叫著，想掙脫奶奶的手，靠過去看媽媽。可是奶奶抓得好緊，我掙脫不了。

下了樓，到了門口，爸爸對爺爺、奶奶說：「我陪碧雲去醫院，雅筑和天豪麻煩你們照顧，有什麼消息，我會打電話回來。」

「爸，媽怎麼了？」我哭著問。

爸爸沒理我，跟著擔架上的媽媽上了救護車，車門一關，警笛響起後，車就直奔而去。我的眼前一片矇矓，擦掉淚水後，才發現鄰居都聚集在門前，吱吱喳喳的聲音不斷的我耳邊響著。

人群散去後，我問奶奶，媽媽怎麼了。奶奶說，媽媽忽然呼吸困難，有昏迷的現象，所以爸爸叫救護車送她去醫院。

呼吸困難！昏迷！那媽媽……哎！我整個人都亂了！

折騰了一陣子之後，奶奶叫我回房睡覺。睡覺！媽媽都被救護車載走了，她現在怎麼樣了，我都不清不楚，哪還能睡覺？

後來，我被奶奶強拉著回房間，強壓著躺到床上。即使躺在床上，剛才的影像依然歷歷在目，我的腦子也依舊亂著，亂到像無法拼湊的拼圖……

青天霹靂

早上，奶奶「雅筑」兩個字剛出口，連珠炮還沒來得及放，我就醒來了——其實，從昨晚媽媽被救護車載走後，我就沒合上眼睛了。

刷牙洗臉後，坐在餐桌前，看著面前這碗熱騰騰的稀飯，我一點胃口也沒有，眼神呆滯的盯著稀飯發呆。奶奶看到了，說：「快吃呀！坐在那裡發什麼呆？不怕上學遲到呀！」

我拿起筷子，勉強的夾著稀飯吃，經過一番艱苦奮鬥，終於把一碗稀飯夾完，然後背了書包，帶了該帶的東西，催著弟弟上學。

走在路上，我覺得腳步好重，頭腦也一片空白。現在，她人在醫院裡，生了什麼病，情況怎麼了，我完全不知道，實在沒什麼心情上學。

由於昨晚沒睡好，我的頭昏昏沉沉的，上課時，精神一直無法集中，老師教了些什麼，我幾乎都沒聽進耳裡。第一節還好，我還撐得住，第二節就不行了，老師講課的聲音，就像催眠曲一樣，不知不覺的，我的眼皮垂了下來。

「曾雅筑，天亮了，可以起來了！」

老師突來的叫聲，迫使我把眼睛張開，接著，同學們的哄堂大笑，讓我的臉一陣灼熱。

「上課要專心一點，怎麼可以打瞌睡？」

我張大眼睛，用力的盯著老師看。只是，張著、看著，我又開始恍神了。下課後，老師把我叫過去，問：「你今天怪怪的，是不是發生什麼事了？」

我遲疑了一下，把昨晚發生的事告訴老師。老師問：「媽媽為什麼會昏迷？」

「不知道。」我邊搖頭邊說。

「她是不是生病了？」老師又問。

「我不知道。」我邊說邊搖頭。

老師一連問了幾個有關媽媽的問題，我依舊是邊搖頭，邊說不知道。老師看從我身上得不到任何有關媽媽的訊息，只好提醒我上課要專心一點，就叫我回座位。

接下來的每一節課，我幾乎都是這樣渾渾沌沌的上。老師知道媽媽出了事，也很體貼的沒有再找我麻煩。

好不容易捱到放學，我快馬加鞭的衝向校門，再快馬加鞭的直奔回家——我急著想看看媽媽會不會像那天一樣，突然回來了。

一進門，只見爺爺、奶奶和姑姑坐在客廳裡，我望了又望，就是沒有媽媽的人影。

「媽媽呢？她回來了沒有？」我問。

「她在醫院裡，沒有回來。」姑姑說。

「她生了什麼病？很嚴重嗎？」我又問。

姑姑站了起來，要我跟她上樓，說有事要告訴我。看姑姑一副神祕兮兮的模樣，我腦子裡閃過一個不祥的念頭，忐忑不安的跟她上樓。

進到房間，我迫不及待的問：「你要跟我說什麼？是不是和媽媽有關？」

「嗯！」姑姑點點頭。

和媽媽有關！果然不出我所料！我不敢再亂想什麼，睜眼等著姑姑，看她會告訴我什麼有關媽媽的事情。

姑姑說：「本來我們都沒打算把這些事告訴你，可是事情發生了，而且你也長大了，所以決定告訴你，讓你學著去面對……」

「姑姑，到底是什麼事啦！」我等不及了。

姑姑說，媽媽當小姐的時候，就發現她的乳房一大一小，由於屬於私密部位，她不好意思去給醫生檢查，也一直沒放在心上。

我出生後，因為餵母乳的關係，媽媽發現較大的乳房有個小硬塊。幾經考慮後，她決定去給醫生檢查。結果，乳房上的硬塊是個腫瘤，也就是癌。醫生建議媽媽動手術切除。切除之後，也一直都沒事。

什麼！癌！媽媽竟然患過癌症——姑姑這番話，就像青天霹靂一樣，炸得我耳朵隆隆作響，我沒有應聲，也不知該說什麼，繼續盯著姑姑，聽她說下去。

姑姑說，上次媽媽忽然暈倒，大家都以為是她白天上班、晚上兼課，每星期還要長途奔波的回娘家為外婆做七，累了，體力負荷不了。住院檢查後，才知道她的癌症又復發了，癌細胞擴散了，情況比前一次更嚴重。她和醫生約好要住院治療，想不到約定的時間還沒到，她就進醫院了。

復發！更嚴重！約定時間！難怪最近這幾天她請假不上班，夜間部的課也不兼了，原來在等著住院治療！

想到這些，我又想起這幾天奶奶和媽媽說的話，不是身體怎麼樣，就是別太累什麼的，而且還搶著洗碗、洗衣服，原來是媽媽癌症復發了，她要讓媽媽多休息。

事情早有預兆了，我竟然沒發覺，還天真的以為媽媽只是太忙、太累了，純粹請假在家休息而已，我真是後知後覺呀！

「姑姑，你剛才說……媽媽的情況很嚴重，到底有多嚴重？」我問。

姑姑想了想，嘆了口氣，說：「唉！有多嚴重，我……也不知該怎麼說，比上次嚴重就是了。不過你放心，現在醫藥發達，醫學技術也很進步，只要好好配合醫生做治療，很快就會好起來。」

我停了一下，想了一下，說：「姑姑，我想去醫院看媽媽。」

「不行！你還不能去！」姑姑說：「我今天去過醫院，你媽媽這一兩天就要動手術，你去的話，怕會影響她的心情。」

「她動完手術我再去！」

「也不行！」姑姑又說：「她動完手術，還要一段時間休息、恢復。等她恢復得差不多了，我再帶你和天豪去。」

我點點頭，沒有說話。

姑姑說：「你媽媽要我轉告你，她會很堅強的撐過去，要你放心。她住院這段時間，你要盡姐姐的責任，幫忙照顧天豪，還要聽爺爺、奶奶的話，凡事自動自發一點，才不會被奶奶碎碎念。」

我還是點著頭，還是沒有說話。

姑姑再安慰了我幾句，就下樓去了，留我一個人待在房裡。突然間，一種孤獨、無依的感覺湧上我的心頭，想到媽媽得了癌症，想到她正躺在病床上，我終於忍不住哭了。

我趴在床上，一邊哭，一邊想媽媽。不知不覺中，媽媽的影像在我腦海裡暈開了……

姐弟

媽媽發病前，雖然她白天要上班，晚上要兼課，每天，我們母子三人至少有片刻相處的時間。爸爸雖然常常以工廠為家，一個星期中，我們父子三人偶爾也可以見上一面。

自從媽媽住院、爸爸在醫院陪媽媽後，我和弟弟生活上的一切，都由爺爺和奶奶打點、照料——我和弟弟成了另類的「隔代教養」！

晚上要去英文班上課，為了不想被奶奶碎碎念，放學回到家，我就趕緊寫作業。寫完不久，奶奶叫吃飯了，我又趕緊到餐桌前報到。才吃幾口，弟弟說他不舒服，想吐，接著就衝進浴室大吐特吐起來。爺爺看了弟弟的樣子，決定待會兒帶他去看醫生，晚上的英文課暫停一次。

吃完晚餐，我提了英文班的袋子，跨上機車後座，讓爺爺載我去上課。以往，我和弟弟是用「三明治」的方式讓爺爺載，今天只有我一個人坐在後座，「三明治」的感覺不見了，有點空空的，說真的，我有點不習慣。

九點多，踏出英文班，爺爺已經等在外面了。

我走到機車旁，問：「爺爺，天豪怎麼了？」

「啊！你說什麼？」爺爺把耳朵湊向我。

我知道爺爺聽不清楚，但旁邊有很多人，我不想再問一次，說了聲「回家再說」，然後跨上機車後座。

回到家，沒看到弟弟的人影，我問奶奶：「天豪呢？他怎麼了？」

奶奶說：「他得了急性腸胃炎，吃過藥後，在房間睡覺。」

急性腸胃炎！我們吃的是相同的東西，弟弟得了腸胃炎，我卻沒事，可見他若不是在學校亂吃東西，就是被同學傳染了，真是不小心！

上樓後，經過弟弟房間，想到他正在和腸胃炎對抗，我推開房門，走了進去。他蜷曲著，側躺在床上，涼被有一半掉到床下。我靠過去，仔細看著他。偶爾，他皺了皺眉頭，好像難過的樣子；偶爾，他動動嘴巴，像在吃東西似的。

看著他的臉，我覺得很好笑，卻更覺得心疼。如果媽媽不是在醫院裡，這個時候，她會坐在床邊，寸步不離的守著弟弟，弟弟就可以安安穩穩的睡覺，不用皺眉頭，也不用「吃東西」了……

突然，我一陣鼻酸，眼眶也熱了起來，拉起掉在床下的涼被，輕輕的蓋在弟弟身上，再輕輕的走出房間。

剛洗好澡，姑姑來了，我知道，她是來幫我和弟弟檢查作業、簽聯絡簿的——幸好姑姑嫁在附近、不用上班，不然，我和弟弟就少了一個依靠。

把作業和聯絡簿交給姑姑後，她問：「叫天豪也拿來呀！」

「他得了急性腸胃炎，人不舒服。」我說。

「他人呢？」

「在房間裡睡覺。」

簽完聯絡簿，姑姑告訴我，明天上午媽媽要動手術，要我為她祈禱，又說要去看看弟弟，就走出房間。

我不知道動手術有多可怕，但聽到媽媽要動手術，害怕的感覺又冒了出來。我希望媽媽趕快動完手術，我才能早一點去看她。

正要上床睡覺，弟弟闖了進來，苦著一張臉，說要跟我一起睡。平常他不舒服時，都是找媽媽陪他睡，現在媽媽不在家，他竟然要跟我睡，讓我大感意外！

雖然我們兩個常鬥嘴，看到他一副「可憐兮兮」的模樣，我心軟了，問：「你洗澡了沒？」

「還沒。」弟弟搖著頭。

「你先去洗澡，洗乾淨一點，我才讓你跟我睡。」

弟弟聽了，臉色一緩，轉身衝進浴室。弟弟洗好澡，我以為可以睡了，想不到他又苦著臉說：「姐，我肚子餓了。」

聽弟弟叫肚子餓，我想起他晚上不但沒吃，還吐得淅瀝嘩啦的，只好帶他到樓下弄東西吃。想不到奶奶已經煮了一碗稀飯，正要端給弟弟吃。這樣也好，省了我弄東西的麻煩，再說，平常過慣了茶來伸手、飯來張口的生活，其實我也不會弄。

吃完一碗稀飯，弟弟說：「奶奶，我肚子還很餓，還想再吃。」

奶奶說：「不行！你腸胃還沒有好，一下子不能吃太多。」

「我還很餓，我要吃啦！」弟弟賴著。

「天豪，聽奶奶的話，別吃了。萬一又吐了怎麼辦？嘔吐不是很難受嗎？」我說。

說也奇怪，聽了我的話，弟弟竟然答應不吃了。平常，弟弟不但愛和我鬥嘴，我說的話，他總是當作耳邊風，今天竟然願意聽我的話，真是出乎我的意料！這可不可以說是「長姐如母」？

奶奶盯著弟弟吃了藥，我帶他回房，怕他半夜掉到床下，我特地讓他睡在裡邊。藥包裡大概有安眠藥的成分，才躺沒多久，弟弟就呼呼的睡著了。

已經好久一段時間，我都是一個人睡，身邊忽然多了一個人，我感到很不習慣。聽著弟弟的呼吸聲，我一點睡意也沒有。

胡思亂想了一陣子，我想到媽媽。姑姑說她明天要動手術，是一件大事，不知道她會不會緊張？會不會害怕？若不是她人在醫院裡，弟弟就不會睡在我身邊；若不是她人在醫院裡，弟弟就不會找我當依靠、把我當成「姐姐」，讓我有當姐姐的成就感！我該感謝媽媽嗎？不！不能感謝！因為媽媽生病了，我怎能感謝她生病？

忽然，一聲「媽媽」讓我回過了神。轉頭一看，弟弟又叫了一聲「媽媽」。他一定是在作夢，夢見了媽媽，所以叫媽媽。夢裡，媽媽對他說了什麼話，和他做了什麼事，啊！我也好想知道！

「媽媽！」弟弟又叫了一聲，兩隻手還胡亂抓著。我知道弟弟在作夢，趕緊把手伸過去讓他抓。他抓到後，大概以為抓到了媽媽，有了安全感，睡得較安穩了。

看的弟弟的反應，我鼻子一酸，眼眶又熱了。看看床頭的鬧鐘，已經十二點多了……

探病

數著日子過，是件很難熬的事，數著數著，一個星期過去了，這個星期可真漫長呀！

星期五晚上，姑姑來幫我和弟弟檢查作業、簽聯絡簿時，說媽媽已經可以讓親人探視，明天她要帶我和弟弟去醫院看媽媽。

聽到要去看媽媽，我和弟弟都高興得跳起來，恨不得明天就在在眼前。看了我和弟弟的反應，姑姑笑了，可是她的笑很奇怪，跟平常不大一樣，好像隱藏著什麼似的。

說到姑姑，也真難為她了。雖然她嫁得不遠、不用上班，但她有自己的家，有先生要打點、有孩子要照顧，每天還要去一趟醫院，每晚要來幫我和弟弟檢查作業、簽聯絡簿，不知道姑丈會不會吃味？會不會不高興？

姑姑回去後，我叫弟弟趕快去睡覺，明天才有辦法早起。弟弟再次聽從我的話，一陣風的就不見了人影。

弟弟睡覺去了，我卻張大眼睛瞪著天花板，怎麼也睡不著，腦子裡努力的想著動完手術的媽媽會是什麼樣子。越想，我的精神越亢奮，後來是怎麼睡著的，我完全不清楚。

隔天一早，沒等鬧鐘響，奶奶的連珠炮也沒來得及放，我就自動起來了，刷牙洗臉、換衣服……所有的動作都一氣呵成，然後把弟弟叫起來，要他準備準備。

下樓後，奶奶看到我們，露出驚訝的表情，說：「該早起不早起，不該早起才早起，你們這麼早起來做什麼？」

「姑姑說要帶我們去醫院看媽媽。」我說。

「去看媽媽，也不用這麼早呀！」奶奶指了指牆上的時鐘，說：「現在才幾點啊！」

我抬頭看看時鐘，才六點多，的確有些早，可是沒辦法，我急著去看媽媽嘛！

早起運動的爺爺回來了，手上還提著包子和豆漿。看到包子、豆漿，我差點高聲歡呼起來——這個星期，每天早上都吃稀飯，吃到我都快喊救命了。看到爺爺手上的包子和豆漿，我口水都流出來了。

爺爺也真是的，平常就可以買了呀！我就不用每天早上拿筷子夾稀飯吃了，爺爺真是的！

痛痛快快的吃了包子和豆漿，我和弟弟往沙發上一坐，等姑姑來接我們。

等的滋味也很不好受，我和弟弟等了又等，望了又望，就是不見姑姑出現。我不耐煩了，一會兒站，一會兒坐，一會兒開門，一會兒關門，時鐘上的時針和分針像烏龜似的，絲毫沒什麼動靜。

九點多，姑姑終於出現了，我心裡「怎麼這麼慢嘛」的抱怨著，人卻迫不及待的鑽進車裡、迫不及待的等姑姑發動引擎。姑姑又慢吞吞的和爺爺、奶奶磨蹭了一陣子，才坐進駕駛座，發動車子。

車子一路往前行駛，經過一短時間的開開停停、左彎右拐，終於到了醫院。我和弟弟跟在姑姑後面，又是走路，又是搭電梯，來到了病房門口。

推開房門，首先映入眼簾的，是對著門而坐的爸爸，一個星期沒見，他瘦了

一些，鬍渣也冒了出來。再看看病床，躺在上面的正是媽媽。

我和弟弟快步走到床邊，不約而同的說：「媽，我來看你了。」

眼睛微閉的媽媽聽了，隨即張開眼，露出一抹淺淺的笑，有氣無力的說：「雅筑，天豪，你們來了。」

媽媽左手背插著點滴的針頭，鼻孔插著氧氣管，臉色蒼白，看起來很虛弱的樣子。她動了動右手指，把弟弟叫過去，問：「你……乖不乖？」

「乖！」弟弟說：「可是前幾

天，我得了腸胃炎，有嘔吐。」

「你……亂吃東西了，是……不是？」

弟弟頭一低，不敢說話。

「以後……別亂吃東西了，聽……到沒？」說完，媽媽向我看過來。我知道，她要我過去，立刻靠到她身邊，把手伸過去讓她握。

「媽，你要姑姑轉告我的話，我都做到了，你放心。」我主動說。

「好……那就好。」媽媽微微一笑。

「媽，你動手術的地方會不會痛？會不會很難受？」我問。

媽媽再微微一笑，沒有回答，卻點了點頭。

「媽，你要忍著喔！姑姑說，現在醫學技術很進步，只要好好跟醫生配合，你很快就會好起來。」

媽媽還是笑一笑，還是沒說話，還是點點頭。

一個星期沒見，我本想和媽媽多說一些話，但爸爸說，媽媽剛動完手術，身體很虛弱，多說話會消耗她的體力，叫我和弟弟看著媽媽、陪著媽媽就好，他自己卻把姑姑拉到角落，兩個人吱吱喳喳的聊起來。

我和弟弟看著媽媽，媽媽也看著我們，眼神交會中，看得出媽媽有許多話要對我們說，只是，她實在太虛弱了，虛弱得沒辦法把話說出來。

在病房裡待了好一陣子，姑姑對我和弟弟說：「讓媽媽好好休息，我們回家吧，下個星期再來。」

雖然我很捨不得，為了讓媽媽充分休息，只好忍著痛說：「媽，我們回去了，下個星期再來看你。」

「媽，你要快點好起來喔！」弟弟也說。

媽媽緊緊拉住我和弟弟的手，軟綿綿的說：「在家……要聽爺爺……奶奶的話，不要……惹他們生氣。」

「是的，媽媽。」我和弟弟異口同聲說。

放開媽媽的手，我和弟弟跟著姑姑走向房門。出門的那一瞬間，我忍不住回頭再看媽媽一眼，正好媽媽也斜眼向我看來。這一看，我心碎了，真想向後轉，回到媽媽身邊陪她，不回家了。

可是為了讓媽媽休息，我還是忍痛走出病房，把門關上，讓眼前這一扇門把我們分隔在兩個不同的世界裡。

離開病房途中，我問姑姑：「媽媽看起來很虛弱，她是不是很嚴重？」

「剛動完手術，虛弱是一定的，她還可以跟你們說話，怎麼會嚴重呢？」

「可是她說話的樣子……」

「身體虛弱的人，說話本來就有氣無力，別胡思亂想了！」

走出醫院，我再次回頭看了看，心裡說：「媽，加油喔！下星期再來看你！」

婆媳

一、二、三、四……六天又過去了。

這六天裡，我和弟弟著著實實的過著另類「隔代教養」的日子，生活上的一切，都由爺爺和奶奶打點、照料，姑姑也每晚來幫我和弟弟檢查作業、簽聯絡簿。

唯一改變的，是我不想自找麻煩，凡事都先主動做好，所以奶奶的碎碎念減少了。還有早餐，爺爺大概看到我每天早上用筷子夾稀飯，吃得很辛苦、很不情願的樣子，早起運動後，會帶不同的早餐回來。

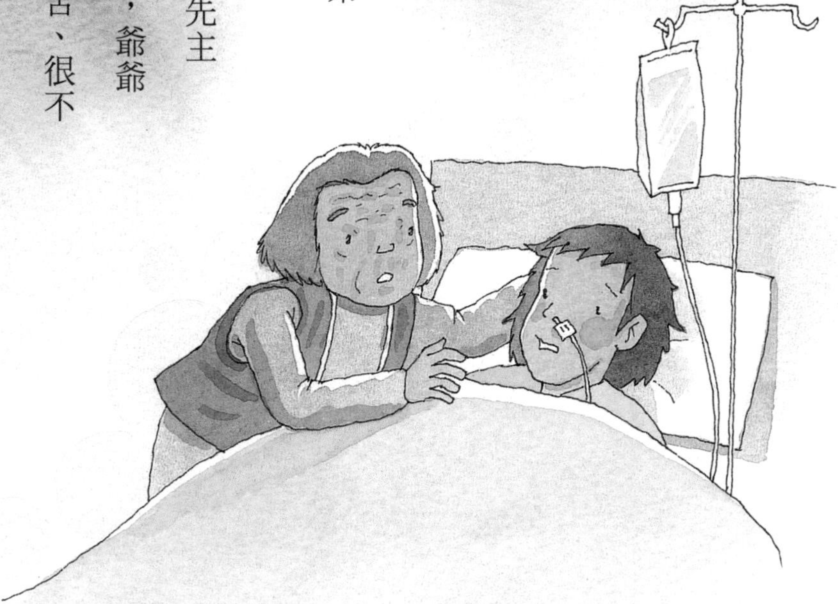

星期六，是講好去看媽媽的日子，一早，奶奶的連珠炮和鬧鐘還沒發揮效用，我又自動起床了。叫醒弟弟，盥洗、換裝，吃完早餐，我們就在客廳等姑姑來。

姑姑開著車子出現了。車才停妥，我和弟弟就一股腦兒的鑽進去，才剛坐好，爺爺、奶奶也隨著坐進來。

爺爺和奶奶也要去看媽媽！這樣的話，我們就可以在病房裡上演一齣全家大團圓的戲碼，那畫面將是多麼溫馨呀！想到這裡，我更殷殷企盼能早點到醫院了。

引擎發動後，車子開始往前行駛。我和弟弟靜靜的，什麼話也沒有說，爺爺的耳朵不靈光，他也沒出聲，說話的只有奶奶和姑姑，怕我和弟弟聽出什麼似的，她們母女倆用台語交談著。

「說到這個孩子，早就叫她不要這麼忙、這麼累，她就是不聽！」奶奶說。

「事情都到了這種地步，說這些還有什麼用？」姑姑說。

「她……現在情形怎麼了？」奶奶問。

姑姑停了一下，說：「從開刀後，她就一直在做化療，情況好像……沒什麼好轉。」

聽到「沒什麼好轉」，奶奶長嘆了一口氣，沒再繼續說下去，車子裡開始靜了起來。

姑姑和奶奶用台語交談，以為我聽不懂，可是她們忘了我在學校有上台語課，雖然沒辦法聽得十分懂，但也有七、八分。聽姑姑說「沒什麼好轉」，我知道媽媽的病情應該很嚴重，想問姑姑到底有多嚴重，又怕得到的答案不是我想要的，所以憋在心裡不敢問。

經過一路的開開停停、左彎右拐，車子來到了醫院的停車場。下車後，我和弟弟跟在爺爺、奶奶和姑姑的後面，又是走路，又是搭電梯，終於來到病房門口。

眼前這扇門，分隔著兩個不同的世界，另一個世界裡的媽媽，現在怎麼樣了呢？想到剛才車上姑姑的話，突然間，我的心跳加速，呼吸也急促起來。

推開門後，首先看到的，是對著門而坐的爸爸，他看到爺爺和奶奶，立刻站起來，說：「爸，媽，你們怎麼來了？」

我和弟弟沒理會他們，直接走到媽媽身邊，不約而同的說：「媽，我們來看你了。」

媽媽睜開眼睛，看看我和弟弟，兩邊嘴角微微上翹，輕輕的點了點頭。

我拉住她的手，問：「媽，你……很難受是不是？」

看媽媽的樣子，應該是很難受，也許怕我擔心吧，她搖了搖頭。

爺爺和奶奶靠了過來，我和弟弟退到旁邊，留位置方便他們看媽媽。媽媽看到爺爺、奶奶，情緒忽然激動起來，不停的動著身體，呼吸也變得急促了。

「不用起來！躺著就好，躺著就好。」奶奶拍著媽媽的肩。

媽媽氣若游絲的叫了聲：「爸，媽。」

「你現在感覺怎麼樣？有沒有舒服點？」奶奶用台語問。

媽媽搖搖頭，用台語說：「媽，我可能……過去……我做不好……的地方，讓你生氣……的地方，請你……原諒我。」

「你沒有做不好，也沒有讓我生氣，別講這些了！」

媽媽搖搖頭，淚水汩汩流下，說：「我沒有辦法……再照顧雅筑……和天豪了，他們兩個……要麻煩你和……爸爸，請原諒我的……不孝。」

「你自己的孩子，要自己照顧，你要趕快好起來，才能照顧他們。我和你爸都老了，那有體力照顧他們？」

媽媽沒有再說話，一連搖了幾個頭。奶奶拿衛生紙幫媽媽擦掉眼淚，說：「你是我的媳婦，做媳婦要有分寸，你還要幫忙洗碗、洗衣服，所以要趕快好起來。」

媽媽一聽，拉著奶奶的手說：「下輩子……如果你願意……再讓我當你的……媳婦，我一定會……幫忙洗碗……洗衣服。」

聽了媽媽的話，奶奶忍不住了，淚水跟著滑落下來：「別說了，這些事等你好起來，我們再好好商量。」

雖然媽媽和奶奶用台語交談，媽媽說話的聲音也很小，但病房裡很安靜，她們交談的內容，七八分我都聽得懂。知道媽媽的情況不好，我的眼淚也潰堤了。看看身旁，姑姑一直「ㄘㄙ」著，爸爸也頻頻擦眼淚，只有爺爺和弟弟沒哭。

爺爺沒哭，是因為他耳朵不靈光，不清楚媽媽和奶奶談了什麼；弟弟沒哭，是因為他聽不懂台語，不知道媽媽和奶奶談些什麼。這一瞬間，病房裡的氣氛凝結了，除了「ㄘㄙ」「ㄘㄙ」，安靜得令人不敢喘息。

該回家了，我走到床邊，握住媽媽的手，強忍著悲傷說：「媽，你要趕快好起來，我和天豪等你回家講故事給我們聽、帶我們去公園散步。」

媽媽以為我還被蒙在鼓裡，點了點頭，說：「好。」

弟弟也靠過來，說：「媽，我們下次再來看你。」

媽媽依然點點頭，說：「你要乖喔！」

走出病房前，我再一次轉頭看媽媽，媽媽也向我看過來，兩個人四眼一交會，我終於崩潰了，可是我不忍心讓媽媽看到我的難過，猛的一轉身，向電梯的方向衝去。

姑姑和奶奶應該意會到了，回家途中，她們絕口不提媽媽的事，應該說，她們連一句話也沒有說。回到家，我直接衝上樓，躲進房裡，趴在床上，大哭特哭起來——我好怕，好怕失去媽媽……

不知哭了多久，我開始恍神了，迷迷糊糊中，有人把涼被蓋在我身上。我知道，那不是媽媽，因為媽媽在醫院裡躺著……

再見媽媽

晚餐後，我和弟弟提了英文班的袋子，先後跨上機車後座，讓爺爺用「三明治」的方式載我們去英文班上課。

騎到途中，天空忽然飄下絲絲細雨，我們都沒穿雨衣，只好冒雨前進。雨越來越大，怕我們遲到，爺爺還是繼續向前騎。

弟弟夾在我和爺爺之間，受到兩座屏障的保護，根本沒淋到幾滴雨。我的個子較高，腿較長，所以頭髮和腳都淋溼了。前面的爺爺最可憐，不管大雨、小雨，他都首當其衝，溼得最嚴重。

到了門口，我和弟弟快速跳下車，衝進英文班，爺爺卻沒有下車避雨，油門一加，冒著大雨回去了。透過玻璃門，看著消失在大雨中的爺爺，我覺得很不忍。若不是爸爸、媽媽不在家，他也不用這麼辛苦。

上著上著，櫃檯阿姨進到教室，叫我收拾東西，跟她出去。我一面收拾東西，一面懷疑：我還在上課，她叫我出去做什麼？發生了什麼大事嗎……

遠遠的，就看到姑姑和弟弟——他也被叫出來了！

「姑姑，有什麼事嗎？」我問。

姑姑口氣很急的說：「先上車，等一下再說。」

我和弟弟跟著姑姑，冒著雨進到車裡。引擎發動後，車子開始向前行駛。我又問：「姑姑，你忽然把我們叫出來，要載我們去哪裡？」

姑姑停頓了一下，說：「你爸爸從醫院打電話回來，說你媽媽……被發出病危通知，送進加護病房，怕……我特地載你們去看她。」

「姑姑，什麼是病危通知？」弟弟問。

「病危通知就是……」

這個弟弟！竟然連病危通知都不知道！不過，也不能怪他，他才二年級，哪可能知道？

我沒有理會姑姑對弟弟怎麼解釋病危通知，腦子裡卻想著被發出病危通知的媽媽。連續劇裡演過，病人被發出病危通知，就表示他情況危急，快不行了。這麼說，媽媽她……想到這裡，我整個人都亂了，再也沒有辦法做有條理的思想。

車子繼續向前行駛，雨也繼續的下。擋風玻璃上的雨刷很有節奏的左右搖著，搖一下，視線清楚了，一會兒，又模糊了，再搖一下，又清楚了……我轉頭看看窗外，除了偶爾閃過的車燈和路燈，只有一片漆黑，這種雨夜的黑，不禁讓我膽戰心驚，全身顫抖……

車子停住後，下了車，我和弟弟跟著姑姑冒著雨，又是跑步，又是搭電梯，一路衝到加護病房。姑姑向護士小姐表明要探視媽媽，護士小姐說：「她已經不在這裡了。」

聽到「不在這裡」，姑姑愣住了，我也呆掉了，整個人像被麻藥痲住一樣，想動都不能動。

「請問她……現在……在哪裡？」姑姑顫抖著聲音問。

護士小姐說：「經過醫生急救後，她已經恢復穩定，醫生認為沒有留在這裡的必要，所以送回病房了。」

送回病房？早說嘛！聽到「送回病房」，姑姑原本挺直的脊梁頓時彎成S型，我身上的「麻藥」失效了，人也醒過來，拉著弟弟，跟在姑姑後面，朝病房快步走去。

推開房門，首先看到的，還是對著門而坐的爸爸。我沒時間裡他，直接來到媽媽身邊，仔仔細細的看著她。才三、四天沒見，媽媽的臉色更蒼白了，白得很嚇人。上次來看她時，由於她在做化療，頭上的髮絲掉了不少，今天再看媽媽，她的頭髮已經所剩無幾，接近光頭了！

看著眼前這個不像媽媽的媽媽，我的心碎了，碎得好碎好碎，淚水也一滴一滴的滑落下來。

姑姑和爸爸談論媽媽病情的時候，她大概聽到了，慢慢的張開眼睛，看到我和弟弟，她兩隻眼睛瞪得圓圓的。

「媽，你怎麼了？你還好嗎？」我問。

「媽，我們又來看你了。」弟弟說。

媽媽張大嘴巴，一副想說話的樣子，可是她張了好久，卻說不出半句話。我知道媽媽有話要對我和弟弟說，既

然她說不出話，那就讓她用寫的。我火速從袋子裡拿出筆和簿子，好讓她寫字。

筆交到她手上，她根本沒辦法拿，「啪」的一聲，就掉在地上。我拾起筆，再一次交到她手上，她動了動手指，連拿都不能拿。我急了，流著眼淚說：「媽，你要拿住筆呀！拿了筆，才能寫，不然，我怎麼知道你要說什麼？」

抬頭看看媽媽，她的眼眶充滿淚水，繼續張著嘴巴，呼吸變得急促了。爸爸看了，一把將我拉開，叫我別再刺激媽媽，然後一股腦兒的安撫著媽媽。

這時，擴音器傳來輕柔的聲音：「本院探視病人的時間已到……」在爸爸的催促下，我和弟弟沒再和媽媽說話，跟著姑姑準備離開。

踏出病房前，我又一次回頭看媽媽，這次媽媽只有眼珠子轉過來。我的眼神和她的眼神交會後，母女倆對看了很久——也許，這是我最後一次看她，所以我要把她看得更清楚，將她的影像牢牢的烙印在我的腦海裡；也許，這是媽媽最後一次看我，我也要讓她看得更清楚，讓她牢牢記住我這個女兒……

看著看著，我的心痛了，碎了，眼前模糊了。走出醫院，我和弟弟跟著姑姑冒雨衝向停車場。雨打在我臉上，我已經分不出是雨，還是淚。

車子行駛後，弟弟問：「姑姑，媽媽會不會……」

弟弟還沒問完，姑姑立刻打斷：「不要亂說話！我們要往好處想，往好處想，正面的磁場才會強，這樣……媽媽才會……趕快好。」

姑姑說話的時候，我隱約聽得出她的聲音是哽咽的。既然是哽咽的，那就表示她也……也在難過。

姑姑握著方向盤，沒再出聲，我和弟弟也不再開口，車子裡靜靜的，只有擋風玻璃上雨刷左右搖動的聲音，只有雨水打在車頂的聲音……

回家

正要吃晚餐，爸爸忽然回來了。奶奶很驚訝，問：「你怎麼回來了？」

「我回來……拿衣服。」爸爸臉色凝重的說。

「拿什麼衣服？」奶奶又問。

「拿……碧雲的衣服。」爸爸答。

「她……不好喔？」

爸爸「嗯」了一聲，沒有說什麼，直接奔上樓。一會兒，他提著一個袋子下來，向爺爺、奶奶打了聲招呼，轉身就要走。奶奶叫住他，問：「你不吃飯？」

爸爸說：「我去醫院再吃。」

「都已經在吃了，你就吃飽再去吧，不差這幾分鐘啦！」

爸爸聽完，想了一下，把袋子往沙發上一放，在餐桌旁坐下來。他端起碗，拿著筷子，正要扒飯，手機忽然響了。他把碗筷放下，拿起手機接聽：「喂……我是……什麼時候……我馬上趕來。」

看到爸爸臉色變了，奶奶問：「怎麼了？」

「她……走了，我……去醫院把她……接回來。」說完，爸爸抓起袋子，十萬火急的衝出去。

爸爸說「她走了」，「她」是指媽媽，「走了」就是……我開始茫然不知所措。爺爺、奶奶的飯也不吃了，只剩弟弟一人坐在餐桌旁。

奶奶打了通電話給姑姑，要她回來。沒多久，姑姑和姑丈就到了，和奶奶一陣嘰哩呱啦後，四個大人開始動起來，客廳裡的家具能移的移，該搬的搬，挪出一個空間，然後放了一塊木板，又鋪了一件草蓆。我知道，這是要「放」媽媽的，上次外婆去世時，舅舅和阿姨們也是這樣做，我有看到。

「奶奶，你們為什麼要把桌椅搬開？」弟弟問。

「小孩子不要多管閒事！」奶奶說。

姑姑把弟弟拉開，低聲說：「天豪，奶奶心情不好，你不要多話。」

弟弟嘛著嘴說：「我只是想知道搬開桌椅的原因嘛！」

姑姑看看弟弟，停了一下，說：「你媽媽她……這是要『放』你媽媽的。」

「媽媽要回來了？」

這時，電話響了，姑姑沒再理弟弟，伸手拿起話筒，一陣嗯嗯喔喔後，她放下話筒，告訴奶奶「快回來了」。

不久，一輛救護車在門前停住，左鄰右舍全都圍了過來。救護人員下了車，打開後門，爸爸先跳下來，兩個救護人員拉出擔架，擔架上覆蓋著一條白布，白布下躺的就是媽媽。就在這一瞬間，我的淚水撲簌而下。

救護人員將擔架上的媽媽移到草蓆上，辦完相關程序，開著救護車離開，讓我們自己處理媽媽的事。門外，圍觀的鄰居七嘴八舌的吱吱喳喳著；門內，除了「ㄘㄙ」「ㄘㄙ」的聲音，空氣完全凝結住了。

爸爸叫我和弟弟跪下來，他蹲在媽媽旁邊，伸出顫抖得很厲害的手拉開白布。白布一拉開，媽媽的臉露了出來，她面色慘白，臉部的表情很僵、很緊，眼睛瞪得大大的，嘴巴張得開開的，跟前幾天我們去醫院看她時一樣。

聽說，往生者眼睛瞪得大大的，表示他還有遺願未了；嘴巴張得開開的，表示他還有話沒有交代。媽媽一定也是這樣！

看到媽媽這樣的表情，再想到她嚥下最後一口氣時，沒有一個人陪伴在她身邊，她是這樣孤獨的離開了，我放聲大哭起來。

「碧雲，你已經回家了，也看到……雅筑和天豪了，可以……了願了。」說完，爸爸再用他顫抖得很厲害的手，輕輕的從媽媽的額頭往下一抹，媽媽的眼睛閉上了，嘴巴合起來了，臉部的表情也祥和了，像睡著一樣。

爸爸說：「雅筑，天豪，把媽媽看仔細一點。」

把媽媽看仔細一點！說真的，這時候要把媽媽看清楚，實在很難，因為我的眼睛都被淚水弄得模糊了。

一會兒，爸爸又用顫抖的手將白布蓋了回去。白布蓋下的那一瞬間，媽媽的臉也消失在眼前，我和弟弟都大哭起來。

在矇矓的淚眼中，媽媽帶著我和弟弟洗衣服、晾衣服，陪我和弟弟去公園散步，還有講故事給我們聽……這些畫面一幕幕浮現在我眼前，看似清晰，卻又模糊。這些畫面，以後只能像影片那樣重播，不再可能真實上演。

媽媽，我最親愛的媽媽！我沒來得及親眼看她最後一面，沒來得及親口和她說一句話，她就這樣安安靜靜、孤孤單單的離開了……

門內，我們一家人哭著、嘆著，籠罩在悲傷的氣氛中；門外，圍觀的鄰居依然七嘴八舌的吱喳著：

「哎！真是冤枉呀！這麼年輕就走了。」
「這麼乖的女孩，天公伯怎麼忍心？」
「那兩個孩子還這麼小，就沒了媽媽……」
「看看有沒有需要幫忙的。」
……
里長伯走了進來，和爺爺、奶奶寒暄幾句後，就和爸爸談起來。雖然我不知道他們談什麼，但一定和媽媽有關——在這個當下，只有媽媽的事是大事；在這個當下，只有媽媽的事可以談。
過程中，只見里長伯比手畫腳的講，爸爸不住的點頭，一段時間的商談之後，里長伯打了電話。
不久，兩個陌生人走進來，里長伯引見後，他們和爸爸談起來。一會兒，他們搬了許多東西進來，動作俐落的動手布置。原來他們是禮儀公司的人員，來替媽媽布置靈堂的。

一陣子後，靈堂布置完成，香煙開始裊繞，誦經聲也起了。禮儀公司的人員離開後，鄰居們漸漸散去，一轉眼之間，吱吱喳喳的聲音不見了，只有誦經聲單調而平穩的響個不停。

爺爺和奶奶，姑姑和姑丈，爸爸、弟弟還有我，或站或坐的待在客廳，有的看著媽媽的靈位，有的望著媽媽躺的地方，每個人都默不作聲，不！應該是不知該出什麼聲音才對！

之前，外婆去世時，我沒有什麼悲傷的感覺。現在，媽媽離開了，我終於體會到悲傷的滋味，這滋味，真的很不好受！

媽媽住醫院的時候，我和弟弟都希望她趕快回家。現在她終於回家了，只不過，她這樣的回家，讓我們很心痛，很心碎……

爸爸的眼淚

迷迷糊糊中，媽媽那輕輕柔柔的聲音在我耳畔響起：「雅筑，該起床了，上學會來不及喔！」

「哎呀！人家還要睡嘛！」我耍著賴。

依照過去的經驗，我若是賴床，媽媽一定會先在我身上搔癢，然後再死拖活拖的把我拖下床，可是今天卻沒有。我猛的張開眼睛看，房間裡空蕩蕩的，除了我自己，哪有媽媽的影子？唉！原來是作夢！

媽媽已經離開了，以後再也不會用那輕輕的、柔柔的聲音叫我起床，我也沒有機會對她撒嬌、耍賴了。想到這裡，我又把眼睛閉上，強迫自己睡覺，只要睡著，什麼事都沒有發生。

偏偏事與願違，我越是強迫自己睡覺，頭腦越是清楚，也越睡不著，最後只好下床，刷牙洗臉、換衣服。

還沒到樓下，單調平穩的誦經聲就傳進耳裡，接著，濃濃的香煙味也飄了過來，爺爺、奶奶和爸爸早已經起來了——或許，他們一夜沒睡吧。看到我，奶奶說：「又不用上學，這麼早起來做什麼？」

「是媽媽叫我……」話剛出口，我發現竟然把夢境當成真的，趕緊改口：「我……睡不著！」

在爸爸身邊坐下來，我想跟他說說話，想了好久，卻又不知道該說什麼。之前，爸爸忙著工廠的事，我難得見到他，難得跟他講話。現在他人近在咫尺，我終於有機會跟他講話了，竟然找不到話題，怎麼會這樣呢？

奶奶從廚房走出來，叫我和爸爸去吃早餐。爸爸似乎沒聽到，紋風不動的繼續坐著。我聽到了，卻也紋風不動的繼續坐著，因為我沒胃口，我猜，爸爸應該也和我一樣。

看我和爸爸沒動，奶奶一反常態，竟然沒有把她的連珠炮放出來，讓我感到很意外。

姑姑來了，和爸爸簡單講了幾句話，在角落的桌旁坐下來，默不出聲的摺起紙蓮花。我看了，也坐過去，跟著一起摺。

有鄰居過來為媽媽拈香，爸爸點了香，交到鄰居手中，對媽媽說：「碧雲，隔壁葉先生、葉太太來給你拈香，你要保佑他們全家平安，身體健康。」然後接過鄰居手中的香，插在媽媽靈前的香爐中。

又有鄰居來了，爸爸同樣點了香，交給鄰居，說：「碧雲，對面張先生、張太太來給你拈香，你要保佑他們全家平安，身體健康。」同樣再接過香，插在香爐裡。

鄰居們陸續過來為媽媽拈香，爸爸也一直重複著相同的動作，說著相同的話，唯一不同的，是把「姓」改掉而已。我一邊折蓮花，一邊看著鄰居們的來來去去，對於他們的熱心和關懷，我會永遠銘記在心。

鄰居們幾乎都來過了，爸爸終於可以喘一口氣，他在姑姑身旁坐下，安靜的看著姑姑摺蓮花。

「告別式的日期決定了沒？」姑姑問。

爸爸搖搖頭說：「我心裡亂得很，還沒有時間想。」

「該決定的，總是要決定呀！」姑姑說。

爸爸深深吸一口氣，重重的吐出來，說：「等……和禮儀公司商討後，再……決定吧！」

「爸爸媽媽的年紀大了，別讓他們太操煩，這件事你自己要處理好。」

「我……知道。」爸爸的聲音變了。

「哎！」姑姑重重的、長長的嘆了一口氣，沒再說話。

「碧雲會走，都是我造成的！」爸爸突然說：「她已經有病史，我卻沒有留意過她、關心過她，只顧著忙工廠的事。她要上班、要兼課，還要管小孩、做家事，我如果多關心她一點，提醒她注意，她……今天大概就……不會走了。都是我不好，我實在不配當她的丈夫！」

說著說著，爸爸哭了，像小孩那樣的哭，哭得很兇——這些日子以來，我第一次見他這樣！

看爸爸哭得淅瀝嘩啦的，姑姑放下手中的蓮花，拍了拍爸爸的肩，安慰著說：「事情已經發生了，說這些還有什麼用？你要勇敢的面對，把碧雲的後事辦好，讓她無牽無掛的走。」

「都是我不好！我對不起碧雲！」爸爸一邊哭，一邊說著。

姑姑不知該說什麼了，只有不斷拍著爸爸的肩安慰著。

我一直以為爸爸很堅強，看到他這個樣子，才知道原來他也有脆弱的一面。再看到他和姑姑手足情深的模樣，我想到在媽媽住院那段時間，我和弟弟不也是這樣嗎？以後，這樣的畫面一定會常常在我和弟弟身上出現！

禮儀公司的人來了，爸爸拿衛生紙擦了眼淚，擤了鼻涕，打起精神，和禮儀公司的人商討媽媽告別式的事宜。

談了一段時間，禮儀公司的人回去了，姑姑問：「日期談好了嗎？」

爸爸搖搖頭，說：「還沒。裡面有許多細節和關於習俗方面的事，要再查過、對過，才能決定。」

「這麼複雜呀！」姑姑似懂非懂的說。

之前，辦外婆的喪事時，我們只是去參加告別式和做七的法事，大大小小的瑣事，都由舅舅和阿姨們處理，而且他們有好幾個人可以商量。

如今事情發生在自己身上了，只有爸爸和姑姑兩個人商量，才知道難處和麻煩在哪裡，這大概就是「事非經過不知難」吧！

奶奶從廚房出來，叫姑姑、爸爸和我去吃午餐，還特別強調「怕你們又不吃，沒煮什麼東西，將就點吃。」

爸爸依舊紋風不動的坐著，姑姑也一樣。這次，我動了，因為從昨晚開始，我就一直沒吃東西，肚子還真的餓了。

進到廚房，弟弟早坐在餐桌旁吃起來了。他什麼時侯起床的？一整個上午都沒看到他，他躲到哪兒去了？

看看桌上的飯菜，稀飯是早上的，菜也是，奶奶果然「沒煮什麼東西」。我盛了一碗稀飯，用筷子夾著吃……

百合花

一輛滿載著鐵架和藍白相間布棚的卡車，在門前停下來。帶頭的人向爸爸打過招呼後，一聲令下，其他的人著手把鐵架和布棚卸下來——他們是來搭設、布置告別式的式場。

本來姑姑建議爸爸，到殯儀館辦告別式，以免妨礙鄰居的安寧與出入的不便。可是爸爸說，這裡是媽媽的家，他希望媽媽能「住」到最後一晚，而且鄰居們都很和善，相信他們一定能體諒。不久前，有鄰居家辦喪事，也是在家裡辦告別式，並沒聽到其他鄰居說什麼，所以他決定在家裡辦媽媽的告別式。

經過一段時間的鏗鏗鏘鏘後，棚子搭好了，整條巷子被占了一半。

不久，又有兩輛卡車來了，一輛載著布置式場的物品，一輛則是滿車的鮮花。同樣向爸爸打過招呼後，工作人員開始卸下物品，分頭著手布置。

我和弟弟站在旁邊，看著工作人員忙來忙去。在他們分工合作下，一眨眼的時間，媽媽告別式的式場完成了。

靈堂正中央的上方，掛著一幅媽媽的照片，照片四周都是白色的百合花，遠遠看過去，媽媽就像躺在花海裡一樣。

弟弟問：「姐，上次我們去參加外婆的告別式時，她的靈堂是用菊花布置的，媽媽的為什麼用百合花？」

百合花？是啊！這點我也覺得非常納悶，所以我搖搖頭說：「我不知道耶！」

爸爸和奶奶不聲不響的出現在我和弟弟旁邊，兩個人都盯著靈堂看。看了一會兒，奶奶長長的「唉」了一聲，轉身進屋去了。我看著奶奶的背影，心想：她一定也很捨不得媽媽離去吧！

弟弟利用機會，向爸爸提出他的疑問。爸爸環顧式場一周，輕聲的說：「在我的心中，媽媽就像一朵百合花，總是遠遠的、靜靜的開著，卻不時散發著清香。而且，媽媽生前最喜歡百合花，百合花象徵純潔高雅，所以我才用百合花……送媽媽最後一程。」

聽了爸爸的話，我忍不住深深吸了一口氣，果然，空氣中彌漫的都是百合花的香氣。再仔細看看，除了媽媽的周圍是百合花，連式場裡的花籃也都是百合花——就如爸爸說的，媽媽是朵百合花，我體會到爸爸的用心。

隔天，我們一早就起床了，準備就緒後，在法師的引導下，先進行家祭。家祭結束後，接著就是公祭。式場裡，坐滿了前來送媽媽最後一程的親戚朋友們，多到我沒辦法認哪些是認識的，哪些是不認識的。

公祭開始了，我和弟弟分別站在靈堂的兩邊，親友們上前祭拜後，我和弟弟就向他們敬禮答謝。

忽然，舅舅和阿姨們出現了，看到他們，我感觸特別深。上次見到他們，是媽媽帶我們回娘家送外婆。這次見面，是他們來送媽媽……世事的變化，真是令人難以掌握呀！

敬禮答謝後，舅舅和阿姨們分別拍拍我的肩。我知道，他們在安慰我，為我加油打氣。經他們這麼一拍，我的淚水悄悄的滑落下來。

偷偷擦掉眼淚，我抬頭看看躺在百合花海裡的媽媽，她兩邊嘴角微微上翹，好像很滿意爸爸給她的精心設計，也很滿意有這麼多親朋好友來送她……

「孝子、孝女讀祭文，請孝子天豪、孝女雅筑出列。」——弟弟是長子，本來祭文是由他讀的，可是他才二年級，許多字不認識，所以由我讀。

我和弟弟走到媽媽靈前，雙膝跪下來，掏出昨天晚上姑姑指導我寫的祭文，對著麥克風讀：

親愛的媽媽：早上，我又被你那輕輕的、柔柔的聲音叫醒了。像平常那樣，我對你撒嬌，可是你沒回應。睜開眼睛後，才發現其實是我在作夢，因爲你已經離開我了！

媽媽，我永遠記得每個星期五晚上，你陪我和弟弟去公園散步的情景；我也永遠記得每個假日上午，你帶著我和弟弟一起洗衣服、晾衣服的景象。還有，我和弟弟常常依偎在你身旁，讓你講故事給我們聽……

讀著讀著，我腦海裡浮現出一幅幅和媽媽相處的畫面，一個把持不住，淚水又潰堤了。

這一切，都將隨著你的離去，永遠不可能再發生了。

親愛的媽媽：我好希望未來的每一個早晨，能再被你那輕輕、柔柔的聲音叫醒；我也好希望未來的每一個早晨，能再向你撒嬌、耍賴……

讀到這裡，我再也讀不下去了，好久好久，我的悲傷都沒辦法平復。

姑姑靠了過來，接過祭文和麥克風，替我把祭文讀完。姑姑讀的時候，我哭得像個淚人兒似的，久久不能自已……

親友們排著隊，來到媽媽的靈前上香，悲悽的哀樂聲也響起來。看著一個個親友，聽著令人肝腸寸斷的哀樂，我眼前一片模糊，整個身體也麻掉了……

告別式結束，我和弟弟像傀儡般的被推進車子裡，準備送媽媽去火葬場。

爸爸說，媽媽生前曾經交代他，如果她走了，要用火葬的方式，才不會在地球上占據一個空間。爸爸擔心媽媽被燒痛了，本來不願意，提議用土葬。但是媽媽很堅持，爸爸只好順她的意。

往火葬場的這段路，是我們陪媽媽走的最後一程，突然間，我好希望這段路變得好長好長，甚至沒有盡頭，這樣，我就能多陪她一段時間，甚至更多時間……

該到的，總是會到。來到火葬場，辦完相關手續，工作人員說：今天的日子很漂亮，火葬的「人」很多，得「排隊」，叫我們先回去，下午再來拿骨灰就好了。爸爸問清楚拿骨灰的時間後，把我和弟弟推上車。

離開火葬場時，我忍不住回頭，再多「看」媽媽一眼。可是看不到了，我只能看著火葬場上方的那片天空，想像著媽媽就在那片天空的下方。剛才送來的是一個「人」，下午再來時，接回的將是一罈灰……

想到媽媽將變成一罈灰，我的淚水又滑落下來。再一次回頭看那片屬於媽媽的天空，但我已經分不清是哪片天空了……

媽，我來看你了

辦告別式之前，在禮儀公司的協助下，爸爸找了一處環境清幽的納骨塔，安放媽媽的骨灰罈。他說，要讓媽媽住得舒適、住得快活，過著無憂無慮的神仙生活。

將媽媽的骨灰罈安放好後，她的後事終於暫時告一個段落──只是暫時告一個段落而已，接下來，還要像外婆那樣，每個星期做一個七，等七個七做完，媽媽就正正式式、完完全全離開我們了。

「雅筑，起床了，準備上學了。」

這不是媽媽那輕輕柔柔的聲音，聽了後，沒有撒嬌，沒有賴床，我立刻彈坐起來。奶奶又說了一次「可以起床了」，沒有多放一聲連珠炮，轉身走出房間。

看著奶奶的背影，我感到很意外。或許她認為我沒有了媽媽，所以不忍心再對我碎碎念吧！

早餐後，我背了書包，帶了該帶的東西，催著弟弟一起去上學。往學校的這段路，有媽媽搭著我的肩，牽著弟弟，陪我們上學的美麗回憶，前後才經過多少日子而已，就人事全非了，所以每走一步，我的感觸都特別深。

上課時，老師告訴同學一個消息：本校有一位學姐，她的外婆罹患癌症去世了，所以她發憤圖強，立志考上醫學院。最近大學學測放榜了，那位學姐不但獲得滿級分，還申請進了台大醫學院，達到她的第一步目標。

聽到這個消息，我體內的某根神經被觸動了。那位學姐只是因為外婆癌症去世，她就立志考上醫學院。而我，不僅外婆因癌症去世，連最親愛的媽媽也因癌症去世，我應該比她更有動力才對！當下，我做了一個決定：將來我也要考上醫學院，做一個專門研究、治療癌症的醫生。

我失去了最親愛的媽媽，有著失去親人那種刻骨銘心的痛，我不希望那些癌症患者的親人，也承受這種刻骨銘心的痛。我一定要向那位學姐看齊，努力的朝我的目標前進。

午休時，老師把我叫到走廊上，盯著我看了好久，說：「你聽到那位學姐的事了？」

「嗯！」我點點頭。

「你的成績不錯，老師也希望你發憤圖強，將來和那位學姐一

樣。」

「好！」我再次點著頭。

老師又看我一眼，說：「媽媽不在了，你要更堅強，不要……讓媽媽擔心。」

辦完媽媽的告別式後，悲傷的感覺其實已經沒有那麼濃了。聽完老師的話，我鼻子一酸，眼眶一熱，淚水又忍不住滑落下來。

看到我哭了，老師連忙說：「別哭！別哭！把眼淚擦掉，讓同學看了，會……被笑喔！」

我拿出手帕，擦掉眼淚——雖然老師勾起我的悲傷、把我弄哭了，但我卻很感謝她，感謝她對我的關懷，感謝她對我的勉勵。

放學了，我跟著路隊出了校門，獨自走在回家的路上。

記得有一個下雨天，媽媽替我送雨具來。我挽著她的手，兩個人擠在雨傘下，跳舞般的避開積水走回家……想到這件事，我一邊走，一邊盯著地面看，想找出媽媽曾經走過的足跡。不過，很難，我只能憑著印象想像著。

回到家門前，奶奶和鄰居的太太正聊著天。我說了句「奶奶，我回來了。」，直接進屋。背後傳來奶奶的聲音「這麼好的媳婦，我也很捨不得。」「少了她，我就像少了一隻手。」……

聽著奶奶的話，我知道：雖然她常常對媽媽碎碎念，許多事都「分得很清楚」，其實，她心裡也是很滿意媽媽、很喜歡媽媽的。

寫完作業，我來到樓下。明知道不可能，我卻習慣的在客廳坐著，等媽媽

「回來」，當然，我的期待落了空！

晚餐後，我主動把餐桌收拾乾淨，再把碗筷拿到洗碗槽裡洗。媽媽說，凡事要自動一點，才不會被奶奶碎碎念——其實這些日子以來，奶奶幾乎不曾再對我碎碎念了。

忽然，爸爸走了進來。看到他，奶奶問：「飯菜都收了，你吃過飯沒？」「我在工廠裡吃過了。」爸爸一邊說，一邊上樓。不一會兒，他換了一身運動服下來，問我和弟弟要不要去公園散步。

去公園散步？和爸爸一起？這是多麼難得的事，我當然非去不可！印象中，爸爸和我們的距離是很遙遠的，今天他竟然要帶我和弟弟去公園散步！我猜，一定是媽媽生前交代他的！

以前，我們和媽媽總是有說有笑的一邊散步，一邊聊天；今天，爸爸獨自走在前方，我和弟弟跟在後頭，父子三人一句話也沒談過，這一個步，散得有點無趣。看來，我們還要很長的一段時間磨合呢！

檢查作業、簽聯絡簿也是由爸爸負責，我想，這應該也是媽媽交代的吧！看著爸爸在聯絡簿上簽下他的名字，我真的有點不習慣——從一年級到現在，他的名字從來不曾在我的聯絡簿上出現過！

睡覺前，我想起了媽媽，打開抽屜，拿出媽媽的照片，低聲說：「媽，我來看你了！」

照片中的媽媽露出燦爛的笑容，彷彿對我說：「雅筑啊！你來看我了。」

「是的，我來看你了。」

看著看著，不知不覺的，我的眼前矇矓了。不想讓媽媽看到我流淚，把眼淚擦了，對媽媽說了聲：「媽，明天再來看你喔！」然後小小心心、仔仔細細的把媽媽放回抽屜裡。

床邊，放著媽媽織的毛衣，不過，她沒來得及織完，棒針也還插在上頭。今年的冬天，我也沒機會穿它。

這半截毛衣上，留有媽媽的痕跡，留有她的味道，還有她對我滿滿的愛。有一天，即使我學會了織毛衣，也會好好的把它保留著，而不會把它織完，因為它象徵媽媽，把它織完，媽媽就不見了。

躺在床上，我望著天花板胡思亂想。再過不久，學校就要期末考了，考完後，暑假接著來臨。

這一個暑假，要為媽媽做好幾個七，也是第一個沒有媽媽的暑假，對我來說，不但很特別，應該也會讓我很難忘……

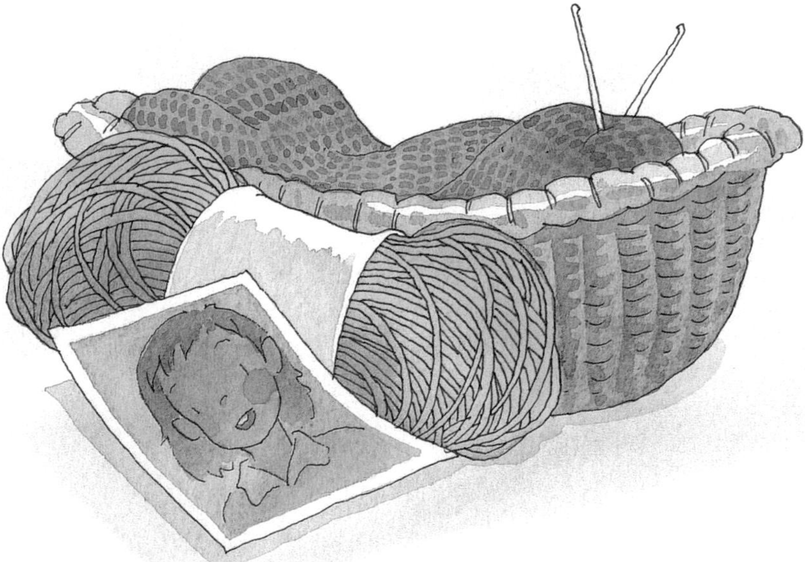

國家圖書館出版品預行編目資料

媽，我來看你了／李光福文；徐建國繪．--初版．--台北市：幼獅，2014.02
面；　公分.--（故事館；20）
ISBN 978-957-574-942-2（平裝）

859.6　　102027531

・故事館020・

媽，我來看你了

作　　者＝李光福
繪　　圖＝徐建國
出 版 者＝幼獅文化事業股份有限公司
發 行 人＝葛永光
總 經 理＝王華金
總 編 輯＝林碧琪
主　　編＝沈怡汝
編　　輯＝白宜平
美術編輯＝李祥銘
總 公 司＝(10045)台北市重慶南路1段66-1號3樓
電　　話＝(02)2311-2832
傳　　真＝(02)2311-5368
郵政劃撥＝00033368

印　刷＝威勝彩藝印刷事業股份有限公司
定　價＝250元
港　幣＝83元
初　版＝2014.02
四　刷＝2023.05
書　號＝986261

幼獅樂讀網
http://www.youth.com.tw
e-mail:customer@youth.com.tw
幼獅購物網
http://shopping.youth.com.tw

行政院新聞局核准登記證局版台業字第0143號

幼獅文化公司／讀者服務卡／

感謝您購買幼獅公司出版的好書！
為提升服務品質與出版更優質的圖書，敬請撥冗填寫後（免貼郵票）擲寄本公司，或傳真（傳真電話02-23115368），我們將參考您的意見、分享您的觀點，出版更多的好書。並不定期提供您相關書訊、活動、特惠專案等。謝謝！

基本資料

姓名：________先生／小姐

婚姻狀況：□已婚 □未婚　職業：□學生 □公教 □上班族 □家管 □其他

出生：民國________年________月________日

電話：（公）________（宅）________（手機）________

e-mail：________

聯絡地址：________

1.您所購買的書名：**媽，我來看你了**

2.您通常以何種方式購書?：□1.書店買書 □2.網路購書 □3.傳真訂購 □4.郵局劃撥
（可複選）□5.幼獅門市 □6.團體訂購 □7.其他

3.您是否曾買過幼獅其他出版品：□是，□1.圖書 □2.幼獅文藝 □3.幼獅少年
□否

4.您從何處得知本書訊息：□1.師長介紹 □2.朋友介紹 □3.幼獅少年雜誌
（可複選）□4.幼獅文藝雜誌 □5.報章雜誌書評介紹________報
□6.DM傳單、海報 □7.書店 □8.廣播(　　　)
□9.電子報、edm □10.其他________

5.您喜歡本書的原因：□1.作者 □2.書名 □3.內容 □4.封面設計 □5.其他

6.您不喜歡本書的原因：□1.作者 □2.書名 □3.內容 □4.封面設計 □5.其他

7.您希望得知的出版訊息：□1.青少年讀物 □2.兒童讀物 □3.親子叢書
□4.教師充電系列 □5.其他

8.您覺得本書的價格：□1.偏高 □2.合理 □3.偏低

9.讀完本書後您覺得：□1.很有收穫 □2.有收穫 □3.收穫不多 □4.沒收穫

10.敬請推薦親友，共同加入我們的閱讀計畫，我們將適時寄送相關書訊，以豐富書香與心靈的空間：

(1)姓名________e-mail________電話________

(2)姓名________e-mail________電話________

(3)姓名________e-mail________電話________

11.您對本書或本公司的建議：

廣　告　回　信
台北郵局登記證
台北廣字第942號

請直接投郵　免貼郵票

10045 台北市重慶南路一段66-1號3樓

幼獅文化事業股份有限公司

請沿虛線對折寄回

客服專線：02-23112832分機208　傳真：02-23115368

e-mail：customer@youth.com.tw

幼獅樂讀網http：//www.youth.com.tw